Thomas Feibel • BACK-UP
ein hacker-thriller

D1867253

cbt

Foto: © privat

DER AUTOR

Thomas Feibel wurde in Santiago de Chile geboren und lebt in Berlin. Er arbeitet als freier Journalist für den SPIEGEL, die ZEIT, TOMORROW und die Computerfachpresse. Zum Thema »Jugendliche und elektronische Medien« hat er zahlreiche Bücher und Artikel verfasst. Am liebsten schreibt er Romane für Kinder und Jugendliche, wenn er nicht gerade den ganzen Tag Computerspiele testen muss.

Thomas Feibel

BACK-UP

ein
hacker-thriller

cbt

cbt Band 30135

cbt – C. Bertelsmann Taschenbuch
Der Taschenbuchverlag für Jugendliche
Verlagsgruppe Random House

www.cbj-verlag.de

Umwelthinweis:
Alle bedruckten Materialien dieses Taschenbuches sind chlorfrei und umweltschonend.

2. Auflage
Erstmals als cbt Taschenbuch März 2005
Gesetzt nach den Regeln der Rechtschreibreform
© 2000 by Egmont Franz Schneider Verlag GmbH
Alle Rechte dieser Ausgabe bei cbt/cbj Verlag, München
in der Verlagsgruppe Random House GmbH
Umschlagbild: Imagebank, München
Umschlagkonzeption: init.büro für gestaltung, Bielefeld
lf · Herstellung: CZ
Satz: Buchwerkstatt GmbH, Bad Aibling
Druck: GGP Media GmbH, Pößneck
ISBN-10: 3-570-**30135-4**
ISBN-13: 978-3-570-**30135-4**
Printed in Germany

1

Es war so einfach. Geradezu spielend leicht. Er schob die Chipkarte in den Schlitz und beobachtete die beiden Lämpchen. Das Licht wechselte seine Farbe. Rot erlosch, Grün sprang an, eine Weile war es still, dann ertönte der Türsummer.
Rasch betraten sie das Innere des Gebäudes. Da sie den Radius der Überwachungskamera im Vorraum verlassen hatten, zogen sie nun in aller Ruhe ihre schwarzen Skimützen ab.
„Bilbao", murmelte der Junge und öffnete seinen schwarzen Zauberkoffer mit dem Notebook, den Kabeln, Steckern und kleinen Displaywürfeln. Geübt fügte er die Chipkarte mit den Apparaturen und Kabeln zusammen.
„Du könntest es sogar im Schlaf, was, GoTo?", sagte sein Partner anerkennend. Dann sah er durch die verschiedenen Glastüren nach draußen. Es war mitten in der Nacht, im ausgestorbenen Bankenviertel Berlins. Niemand zu sehen. Der Boden glänzte vom letzten Regen.
Die Lichter seines Displays leuchteten auf. „He, Mello, alles Bilbao!", rief der Junge.
„Was bedeutet eigentlich dieses ständige ‚Bilbao'? Willst du nach Spanien auswandern?"
GoTo grinste: „Nein, das habe ich mir ausgedacht. Bedeutet so was wie ‚Alles okay'." Er prüfte ein weiteres Mal die Apparatur. „Ich bin hier fertig. Und was jetzt?"
Mello lächelte. GoTo hatte es tatsächlich geschafft. Ein paar Kniffe am Computer, ein bisschen Rechnen, und schon waren die Sicherheitscodes der Berliner National-

bank geknackt. Seelenruhig zündete er sich eine Zigarette an. Normalerweise hätte er GoTo zu Hause am Computer auf die Sprünge geholfen, denn ihm lagen ohnehin bereits alle Codes vor. Schließlich war das nur ein Test. Dieser aufgeweckte Knabe brauchte jedoch keine Hilfe.
Langsam bließ Mello den Rauch aus seinem Mund und kratzte sich mit dem Daumennagel an seiner Augenbraue. Wie viele jugendliche Hacker hatte er in den letzten Jahren im *Computer Underground Club* eingekauft?
Sie machten alle denselben Eindruck: jung, voller Eifer und nicht enden wollender Begeisterung. Wie naiv. Allein dem Club anzugehören, bedeutete ihnen schon so viel.
Die jungen Hacker kannten alle nur ein Ziel: den Code zu knacken und gegen eine unsichtbare Macht zu gewinnen. Aber was konnten die armen Kerle schon mit ihrem Sieg anfangen?, dachte Mello. Was nutzte ihnen die Zugangsberechtigung zu streng geheimen Dokumenten, für die sie sich ohnehin nicht interessierten?
Große Kinder waren sie. Nur eine Hand voll guter Jungs – allerdings mit besonderen Talenten. Ganz besonderen Talenten.
Mello aschte auf den Boden.
Aber wenn er es so recht bedachte, schien GoTo all den anderen um Längen voraus zu sein. Der Achtzehnjährige besaß Witz, Scharm und ein talentiertes Händchen am PC.
„Müssen wir das wirklich tun, Mello?“, fragte GoTo vor dem Geldautomaten.
„Klar“, antwortete er mit seiner tiefen Stimme und verströmte dabei Zigarettenrauch. „Wir bringen ihnen Beweise, sonst glauben sie uns doch kein Wort.“

„Die Bank soll nur einen Denkzettel bekommen", sagte GoTo. „So hatten wir es ausgemacht."
Mello winkte lächelnd ab. „Klar, schließlich sind wir keine Bankräuber."
GoTo nickte beruhigt. Auf dem Monitor des Notebooks erschien die Bildschirmmaske des Geldautomaten. Die Maschine fragte nach der Geheimzahl. GoTo schob eine Datei herüber, die so viele Zeichen wie ein ganzer Roman hatte. Obwohl der Geldautomat nur vier Ziffern brauchte, drang der Datenstrom ungehindert in den Apparat ein.
Mello warf seine Zigarette auf den Boden. Er hatte keine Angst, Spuren zu hinterlassen. GoTo fiel das nicht auf, denn seine gesamte Aufmerksamkeit konzentrierte sich auf seinen Rechner und den Geldautomaten.
„Gib einfach zweitausend Euro ein", befahl Mello.
„Zweitausend?! Wieso?", wunderte sich GoTo erheitert. „Was wollen wir denn damit beweisen? Dann hätten wir auch einen Kaugummiautomaten knacken können."
Mello schüttelte den Kopf: „Die Sperre, GoTo. Mehr als zweitausend Eier lassen die Automaten nicht springen …"
„Das mag an anderen Tagen so sein." GoTo grinste und hielt sein Notebook hoch. „Aber heute bin *ich* die Bank. Also, wie viel wollen wir abheben?"
Mello zuckte mit den Schultern, zündete sich eine weitere Zigarette an, blickte wieder durch die Scheibe nach draußen und setzte die flachen Hände wie Scheuklappen an, um besser sehen zu können. Nichts und niemand. Wie machten die das bloß?
„Bilbao!", rief GoTo und lachte. Mello wandte sich um – und traute seinen Augen nicht: Im hohen Bogen spuckte

der Automat Euro-Scheine aus. Der Junge hielt den schwarzen Sack auf und versuchte, das Geld aufzufangen.
„Wie viel hast du eingegeben?", wollte Mello wissen.
„500 000", rief GoTo und sammelte weiter das Geld ein, doch die meisten Scheine flatterten auf den Boden. „Ich wollte nur wissen, ob es funktioniert. Und es geht! Wahnsinn!" Es war so leicht. So spielend leicht. Mello begann, ihm beim Aufsammeln zu helfen.
„Ach, lassen wir es doch liegen", entschied GoTo nach einer Weile ganz erschöpft. „Wir brauchen es doch sowieso nicht. Lass uns lieber abhauen ..."
„Noch nicht", brummte Mello und hob weiter Geld auf. Wenn später auch nur ein Schein fehlte, gab es Ärger.
GoTo kamen Zweifel. „Du willst es doch nicht behalten, oder?"
Keine Antwort.
„Wir wollten doch der Bank nur ein Warnzeichen geben. Das System ist überaltet und einfach nicht mehr sicher, hast du gesagt."
Mello sammelte wortlos Scheine ein.
„Warum antwortest du nicht?", wollte GoTo wissen.
„Pack einfach dein Computerzeugs zusammen", befahl Mello barsch.
Zwei Minuten später verließen sie die Bank. Mello stellte den Sack ab und hielt die Arme nach oben.
„Was machst du da?", fragte GoTo.
„Nicht schießen!", rief Mello in die menschenleere Nacht. „Wir sind nicht bewaffnet."
Zwar hatte Doktor Morris alle informiert, aber Mello hielt seine Geste für eine gute Sicherheitsmaßnahme, um nicht abgeknallt zu werden.

GoTo sah sich verwirrt auf der leeren Straße um. „Was hat das zu bedeuten, Mello?"
Mello reckte immer noch die Hände in die Höhe. Für den Bruchteil einer Sekunde glaubte GoTo, in seinem offenen Jackett einen Revolver zu sehen. Dann ging Mello auf die Knie.
„Leg dich einfach auf den Boden und halte die Hände über den Kopf, GoTo. Dann passiert dir nichts." Und als GoTo nicht reagierte, versetzte Mello ihm einen Stoß: „Na, mach schon, du Idiot!"
Ein riesiger Scheinwerfer flammte auf. Es dauerte eine Weile, bevor GoTo vom Boden aus etwas im gleißenden Licht erkennen konnte.

* * *

Der Mann legte die Papiere auf den Tisch, griff sich das Protokoll von GoTos Verhör und blätterte darin herum. Die Bilanz konnte sich sehen lassen. Als er vor vier Jahren beim *Neo Nachrichtendienst (NND)* angefangen hatte, schien sich dort niemand mit Computern, Internet und Verschlüsselungstechnologien sonderlich gut auszukennen. Kein Wunder, der *NND* wurde neben den regulären Geheimdiensten kurz nach dem Zweiten Weltkrieg gegründet und hatte bis vor kurzem noch aus dem Gründungsteam bestanden. Minus ein paar Todesfälle, versteht sich. Schließlich waren diese Männer heute uralt.
Was fehlte, war Nachwuchs. Wie sollte der *NND* in den nächsten Jahren noch bestehen können, wenn sie gerade mal das Nötigste an Technologie erworben hatten? Sie brauchten eigene Ideen. Warum nur zusehen, was die ausländischen Kollegen trieben, und Däumchen drehen?

Der *NND,* davon war er felsenfest überzeugt, musste eben selbst Maßstäbe setzen. Und hier kam er selbst, Doktor Morris, ins Spiel. Leicht war es nicht. Seine eigenen Versuche im Labor musste er geheim halten. Seine Vorgesetzten waren für seine Ideen noch nicht bereit. Blieb nur die Schwierigkeit, Versuchspersonen zu finden, die niemand vermissen würde. Das Jugendheim schien ein guter Fundort zu sein.
Es klopfte. Rasch packte er die Schriftkopie des Verhörs in seine Schreibtischschublade und erhob sich.
„Ja, bitte?"
„Das Frühstück, Doktor Morris."
„Haben Sie auch genug für zwei Personen?"
„Wie Sie es wünschten, Doktor Morris." Der Angestellte trug an einem separaten Tisch die Speisen auf.
Doktor Morris inspizierte das Frühstück mit großer Genauigkeit. Die Spiegeleier waren nur kurz angebraten, dazu gab es duftenden Speck und eine erwärmte Tomate. Auf einem gesonderten Teller lagen verschiedene Wurst- und Käsesorten, dunkle und helle Brote. Daneben waren Obst, Saft, Wasser, Kaffee, Tee und Kakao aufgetischt.
„Sehr schön", stellte er fest, schritt zum Spiegel am Waschbecken und strich sich zufrieden über den schwarzen Schnurrbart. Seine Tränensäcke fielen kaum auf. Die kleine Narbe auf der rechten Wange schon eher. Immerhin juckte sie nicht wie sonst, wenn er unter Anspannung stand. Sie würde ihn immer an die kleine Auseinandersetzung in Tadschikistan erinnern.
Ein Polizist brachte den Jungen herein. Der Beamte nahm ihm, auf eine Kopfbewegung des Doktors hin, die Handschellen ab und verließ den Raum.

Morris bot seinem Gast einen Stuhl an der Tafel an. Der Junge sah furchtbar aus. Ganz mitgenommen. Er hatte vermutlich die ganze Nacht im Gefängnis kein Auge zugetan.
„Mein Name ist Morris, Doktor Morris." Fast tat ihm der Junge mit seinen dunklen Augenrändern und der aufgeplatzten Lippe Leid. Sicher fragte er sich schon, ob er diese schäbige Zelle tatsächlich verdient hatte. Dazu die langwierigen Verhöre. Obwohl sie bereits alles erfahren hatten, was sie ohnehin schon wussten, hatte Morris noch einmal ein frisches Team an den Fall gelassen, das den Jungen kurz nach Mitternacht ein drittes Mal befragte. Und dies nicht sehr sanft. Daher die geschwollene Lippe.
„Frühstück?", fragte Morris freundlich. Schließlich hatte der junge Mann seit seiner Verhaftung gestern Abend nichts mehr zu essen bekommen. Und jetzt war es, Morris sah auf die Uhr, bereits elf. Es würde leicht werden, diesen Jungen zur Mitarbeit zu bewegen.
„Willst du nichts essen?", fragte Morris. Ihm selber kitzelten die Düfte in der Nase. Und so nahm er sich etwas Ei, salzte es besonders stark, bestrich ein Brötchen mit Butter, goss sich Tee ein und ließ es sich schmecken. Lange würde der Junge nicht widerstehen können. Wer vermochte das schon? „Dein Name ist Philip, nicht wahr? Philip Berner."
Der Junge reagierte nicht. Dennoch hätte Morris schwören können, dass ihm bereits das Wasser im Munde zusammenlief. Dann fiel ihm etwas ein. Er schritt zu seinem Schreibtisch und entnahm einer Schublade das Verhörprotokoll und eine durchsichtige Plastiktüte.

„Das gehört sicher dir ..." Er wedelte mit der Tüte vor Philips Gesicht herum, in der sich eine Spritze und andere Gegenstände befanden.
„Du musst verstehen, dass wir strenge Sicherheitsvorkehrungen treffen müssen. Eine Spritze ..." Doktor Morris machte: „Tststs."
„Ich bin Diabetiker", sagte Philip. Er hielt noch immer den Blick gesenkt.
„Du bist zuckerkrank?", meinte Doktor Morris mitfühlend. „In deinem Alter, das ist schlimm. Wie lange weißt du es schon?"
Nachdem Philip nicht antwortete, setzte sich Morris wieder hin und nahm sich eine weitere Portion Ei und auch die Tomate. Die würde er zwar nicht essen, aber er liebte nun mal das Maßlose.
„Ich mache dir einen Vorschlag, Philip. Oder ist es dir lieber, wenn ich ‚GoTo' zu dir sage?" Morris sah ihm tief in die Augen. „Keine Antwort? Nein? Also gut, ich unterbreite dir ein Angebot. Du bekommst hier dein Insulin und frühstückst mit mir und dafür wirst du dich ein wenig mit mir unterhalten."
„Ich habe fünf Verhöre hinter mir", stellte GoTo fest.
„Na, na, na. Wer spricht denn von Verhören?" Doktor Morris hob die Fotokopien hoch. „Hier steht alles schwarz auf weiß. Das reicht mir. Aber gegen einen gepflegten Plausch hast du doch sicher nichts einzuwenden."
GoTo deutete auf das Telefon am Frühstückstisch. „Ich durfte noch nicht einmal telefonieren."
„Ich weiß. Du frühstückst mit mir, hörst dir an, was ich dir zu sagen habe, und dann rufst du an. Wen immer du

möchtest. Okay?“ Doktor Morris reichte ihm die Tüte mit der Spritze und der kleinen Ampulle hinüber.

GoTo streifte sein T-Shirt ein wenig hoch. Dann zog er das Insulin auf die Spritze, desinfizierte seine Bauchdecke, setzte die Nadel an und drückte langsam die Flüssigkeit durch.

„Ich sehe, du bist einverstanden. Jetzt lass es dir schmecken.“

GoTo rührte keinen Bissen an. Durch die Spritze fühlte er sich erleichtert. Schließlich hatte er keine Lust, ohnmächtig zu werden.

„Ich habe schon der Polizei alles gesagt, was ich weiß.“

„Das war die Polizei“, erklärte Morris mit zuckersüßer Stimme. „Aber mit denen habe ich nichts zu tun.“

„Für wen arbeiten Sie?“ GoTo betrachtete misstrauisch sein Gegenüber, das ständig über die Narbe auf seiner Wange strich.

„Das spielt vorläufig keine Rolle – bis wir uns einig sind.“ Doktor Morris erhob sich. Der Junge war wirklich eine harte Nuss. „Es gibt verschiedene Organisationen in unserem Land, die im Geheimen für das Gemeinwohl operieren.“

Der Geheimdienst? GoTo wurde von Angst erfasst. Er hatte gehört, dass schon einige Hacker für ihre Taten in den Knast hatten wandern müssen. Aber wenn sich der Geheimdienst einmischte, lief ein ganz anderer Film.

„Nun …“ Doktor Morris marschierte mit auf dem Rücken gekreuzten Armen auf und ab. „Wir suchen ständig nach neuen Talenten. Ein begabter Hacker wie du muss die Anwendung seines Könnens nicht auf kriminelle Handlungen beschränken. Wir haben vielfältige Aufgaben für

Männer wie dich. Du kannst Tag und Nacht hacken. Sozusagen im Dienste des Bundeskanzlers. Wir haben die Macht und die Technologie und wir wollen dich." Die säuselnde Stimme des Doktors machte GoTo müde.

„Sie wollen also, dass ich spioniere?", fragte GoTo vorsichtig.

„Spionieren? Ha!" Morris lachte gekünstelt. „Das ist gut. Spionieren! Das klingt aus deinem Mund irgendwie verächtlich ..." Morris holte Luft. „Aber bitte kläre mich doch auf, worin der genaue Unterschied zwischen Spionieren und dem Eindringen in fremde Datennetze besteht?"

GoTo starrte Morris ausdruckslos an.

„Lass es mich anders sagen: Du hast das Netz der Berliner National-Bank angezapft, also gehackt, die Türen manipuliert – wir nennen das in der Fachsprache ‚Einbruch' –, erneut den Computer manipuliert und kurzerhand eine halbe Million Euro geraubt."

„Das habe ich nicht", platzte GoTo heraus. „Das war nur eine Warnung."

„Wir haben Zeugen!"

„Es war alles Mellos Idee", schrie der Junge.

„Du hast gestern mehrere Straftaten begangen. Und weiß der Henker, wo du dich vorher überall eingehackt hast." Morris wurde immer lauter. „Also komm mir nicht mit dieser blöden ‚Ich-bin-reingelegt-worden'-Tour."

„Aber ich war's nicht."

„Mich musst du nicht überzeugen. Du hast Straftaten begangen und dafür wanderst du in den Bau. Acht Jahre sind dir sicher." Er holte kurz Luft und nahm einen Schluck Tee. Dann sagte er auf einmal wieder ganz leise: „Oder du arbeitest für uns."

Dem jungen Hacker ging ein Licht auf. „Und dieser Mello?"
Morris trank seinen Tee aus und griff nach dem Hörer des Telefons auf dem Frühstückstisch. „Hallo? Hier ist Doktor Morris. Lassen Sie bitte Oberst Wenz rein."
Wenige Augenblicke später kam Mello. Rauchend.
„Mello, du musst ihnen erzählen, wie es wirklich war", rief GoTo aufgeregt, hielt aber dann plötzlich inne, als er die Militäruniform seines Freundes bemerkte.
„Hallo, GoTo!"
Morris gab Mello die Hand. „Darf ich dir meinen Mitarbeiter vorstellen?" Der Doktor gab sich nicht einmal die Mühe, sein schadenfrohes Lachen zu verbergen. „Das ist Oberst Wenz, der Leiter unserer Operation ..."
„Du kannst gerne Oberst zu mir sagen, GoTo!", erklärte Mello kichernd.
GoTo erinnerte sich daran, wie dieser Typ sich im *Computer Underground Club* vor Monaten bei ihm eingeschmeichelt hatte. Und erst vor wenigen Stunden in der Zelle war ihm klar geworden, dass es Mello gewesen war, der ihn zu der Bankaktion verleitet hatte. Für einen verdammten Spitzel hatte er ihn gehalten, aber ein Oberst ...
Doktor Morris starrte ihn gespannt an. Wie würde der Junge reagieren? Neun von zehn Typen waren nach dieser Nummer wutentbrannt auf Wenz losgestürmt. Aber GoTo lehnte sich schweigend zurück. Er nahm sich sogar etwas Tee. Dann bestrich er ein Brötchen mit Butter, legte Käse darauf und biss hinein. Nachdem er den Bissen gekaut und hinuntergeschluckt hatte, blickte er ruhig in die erstaunten Gesichter von Mello und Morris. „Also, meine Herren, was kann ich für Sie tun?"

2

Zehn Jahre später …
Joe schrie herum. Mit hochrotem Kopf sprang er auf, riss die Decke von seinem Bett und warf sie aus dem Fenster. Als Nächstes flogen Kissen, Laken, der Radiowecker und auch die Matratze hinterher. Gewaltsam zerrte er den Lampenstecker aus der Wand, dann flog der Nachttisch aus dem dritten Stock direkt auf die Wiese vor dem Haus. Joe trat so lange gegen seinen Kleiderschrank, bis sein Fuß schmerzte.
„Bist du jetzt fertig?", fragte Julian, der an der Tür neben dem Lichtschalter lehnte und sich das blonde Haar aus dem Gesicht strich. Es war genau die überhebliche Art, die Joe auf die Palme bringen konnte. Julian von Strelitz zu Ovenau. Blasiertes und aufgeblasenes Adligen-Getue. Beinahe wäre Joe auf diesen verwöhnten Snob losgegangen. Im letzten Moment hielt er sich jedoch zurück.
Noch immer kochte die Wut in ihm. Der Zorn breitete sich in seinem ganzen Körper aus und seine Hände suchten verzweifelt nach einer Möglichkeit der Entladung. Und so griff er sich den erstbesten Gegenstand, einen Holzstuhl, und schleuderte ihn mit voller Wucht gegen die Wand. Das Ergebnis befriedigte ihn nur wenig: Nur zwei Lehnen brachen ab.
„Gute Laune heute, was?", meinte Julian mehr zu sich selbst und spielte mit seinem Handy. In Richtung Flur blickend, sagte er: „Deine Fans sind auch schon eingetroffen."
Vor der halb geöffneten Tür standen die ersten Neugieri-

gen im Flur des Internats. Doch die Gruppe zerstreute sich rasch wieder. Nur die Neuen verharrten mit großen Augen und offenem Mund vor der Tür, bis ihnen Joes Turnschuhe entgegenflogen.
„Was glotz'n ihr so blöd?", schrie Joe und knallte die Tür zu. Außer Atem stapfte er ins Bad und wusch sich das Gesicht mit kaltem Wasser. Julian folgte ihm.
Joe starrte in den Spiegel. Diese verfluchten Sommersprossen würden nie verschwinden! Das stand fest. Und sein dunkelblondes Haar ließ sich mit keinem Kamm und keiner Bürste bändigen. Es wuchs wie bei einem struppigen Hund. „Du machst Fortschritte, Miesmuffel."
Joe sah böse zu Julian herüber.
„Echt. Deine Wutanfälle sind schon viel weniger bombastisch."
Joe rieb sein Gesicht so stark, als könne er mit dem Handtuch die Sommersprossen wegrubbeln.
Julian grinste. „Wenigstens hast du diesmal mein Bett verschont." Und nach einer kleinen Pause fügte er hinzu: „Und deinen Schreibtisch auch, wie ich sehe."
Joes Blick wanderte zu seinem Arbeitsplatz mit dem Computer und dem Käfig. Seine Zerstörungswut hatte schon zu viele Opfer gekostet. Einen neuen Computer konnte er sich nicht leisten. Schon diese lahme Kaffeemühle hatte er sich hart erarbeiten müssen.
Es klopfte. Benno Kleinschmidt stand, mit einem Jogginganzug bekleidet, in der Tür. Um seinen Hals hing eine silberne Trillerpfeife. Joe schätzte den dunkelhaarigen Lehrer auf dreißig Jahre, aber Julian meinte, dass er die vierzig schon überschritten hatte. Kleinschmidt lehrte Religion und Sport und war der Vertrauenslehrer des

Internats. Er war der einzige Erzieher, den Joe respektierte. Und immer wieder überraschte Kleinschmidt die Klugheit Joes, die so gar nicht zu seinen unkontrollierten Zornesausbrüchen passen wollte.
„Was geht denn hier ab?“, fragte er angesichts des Chaos. Joe schwieg.
„Er hatte wieder seine verrückten fünf Minuten“, sagte Julian gleichmütig.
Kleinschmidt ging auf Joe zu. „Ich würde vorschlagen“, meinte er, „dass du dein Zeug jetzt nach oben holst, bevor du wieder Ärger mit dem Direktor bekommst. Ich werde ihn in der Zwischenzeit ablenken, okay?“
Ausdruckslos starrte Joe ins Leere.
„Das Treppensteigen wird dich zusätzlich beruhigen, Miesmuffel“, sagte Julian und schob Joe unsanft aus dem Zimmer.
„Wie schlimm ist es?“, fragte Kleinschmidt, als er mit Julian allein war.
„Keine Ahnung, welche Laus ihm wieder über die Leber gelaufen ist. Jedenfalls tobt er schon eine ganze Weile.“
„Provoziere ihn nicht, Julian, wir brauchen ihn noch“, meinte der Lehrer, bevor er den Raum verließ.
Nach zwanzig Minuten hatte Joe seinen ganzen Krempel wieder nach oben geschleppt, während sein Kumpel ihm fröhlich zusah.
„Wenn du mich fragst, Miesmuffel, ist Benno echt in Ordnung. Ohne ihn wärst du doch schon längst geflogen.“
Joe hasste Dankbarkeit. Na schön, Kleinschmidt hatte ihm den Computer besorgt und dafür musste er in der Kapelle mithelfen. Das hieß hauptsächlich sauber ma-

chen, aber er beklagte sich nicht. Kleinschmidt quatschte ihn auch nicht voll. Die meisten Menschen, die Joe kannte, begannen immer zu sülzen. Gut, sein Vater und seine Mutter waren eben tot. Und seine Großeltern kannte er nicht. Es soll noch mehr achtzehnjährige Internatsschüler geben, die in so einer Situation sind.
Joe war auch sehr froh, dass Julian seine Anfälle so gelassen nahm. Schließlich jagte seine unberechenbare Art den meisten Mitschülern eine Riesenangst ein. Den Lehrern im Grunde auch. Wenn der letzte Vertrauenslehrer sich nicht für ihn eingesetzt hätte, hätten sie ihn in ein Heim für schwer erziehbare Jugendliche gesteckt. Und das wäre für ihn das Ende gewesen.
Seine Wutanfälle waren seltener geworden, seit er mehr Zeit mit Kleinschmidt verbrachte. Vor allem seit er den Computer hatte. Den Internetzugang hatte ihm ebenfalls der Lehrer verschafft, denn der hatte als Erster Joes Talente entdeckt. Joe hatte sich das Programmieren selbst beigebracht. Er schien geradezu süchtig danach.
Zusammen mit Julian hatte er vor kurzem einen Passwortknacker geschrieben. Na ja, geschrieben hatte er ihn praktisch allein, aber Julian hatte ihn gezwungen, am Ball zu bleiben. Und am Schluss funktionierte der Codeknacker tadellos.
Julian hielt Joe für einen begabten Hacker. Joe selbst sah sich aber gar nicht so. Julian stand eben auf die Super-Hackerhelden der Szene: Dr. Hobo, Gattja und GoTo. Von GoTo hing sogar ein Poster über seinem Bett.
Joe baute mühsam sein Bett zusammen. Das war die Strafe für seine Unbeherrschtheit.
Er surfte gerne im Netz. Julian schwärmte für den *Com-*

puter Underground Club. Dort trafen sich viele Gleichgesinnte in den Newsgroups und tauschten sich über technische Probleme aus.
Joe wollte nicht im *Computer Underground Club* Mitglied werden, er mochte Gruppen nicht besonders. Julian hingegen verkehrte regelmäßig im Club. Einmal hatte er sogar eine Jahresversammlung besucht.
Kaum stand der Wecker mit dem Sprung im Glas auf dem unzerstörbaren Nachttisch, warf ihm Julian eine Tube Kleber zu. „Für deinen Stuhl, Miesmuffel."

* * *

Julian bot seinem Zimmergenossen eine Dose Cola Light an, die er zu seiner Überraschung annahm. „Bist du immer noch sauer?"
Keine Antwort. Joe saß auf seinem frisch geklebten Stuhl und starrte vor sich hin.
„Die Mäuse", sagte er schließlich tonlos.
„Was?" Julian fuhr überrascht herum. „Du bist sauer, weil dir deine Mäuse nicht gehorchen?"
Joe starrte deprimiert die beiden weißen Nager an, die im Stroh herumflitzten. Das ganze Zimmer roch wegen ihnen ständig nach Urin. Langsam nahm er die Coladose, zog den Metallring nach hinten und trank einen Schluck.
„Hängt das mit diesem Programm zusammen, das die Mäuse rumkommandieren soll?"
Joe blickte ihn finster an.
Volltreffer!, dachte Julian und spielte weiter mit seinem Handy herum.
„Mein Tool sagt den Mäusen, was sie als Nächstes tun

sollen.“ Joe seufzte kurz. „Aber genau das ist das Problem!“
„Sie gehorchen nicht?“
„Ich weiß es nicht“, sagte Joe. „Ich zermartere mir den Schädel, aber ich komme nicht darauf, wie ich mein Experiment kontrollieren kann.“
Julian fand dieses Thema besonders spannend. Schon öfter hatte ihm Joe davon erzählt. Tools schreiben, das war Handwerk. Aber Joe spielte mit seinen Experimenten in einer völlig anderen Liga. Die paar Wissensbrocken, die er von Joe aufschnappte, erlaubten es ihm, im *Computer Underground Club* fett anzugeben.
Joe hob mit einer Pinzette nacheinander eine Reihe goldener Plättchen auf und hielt sie unter seine Lupenlampe.
„Weißt du, was das ist?“, fragte er.
„Die sehen wie die Platinen einer Telefonkarte aus. Nur viel kleiner.“
„Genau. Die Dinger habe ich selbst hergestellt“, erklärte Joe. „Und die eine hier ist auf der Unterseite sorgfältig präpariert.“
„Echt?“ Julian grinste. „Du bist so ein verdammtes Genie, fast wie GoTo!“
Joe stöhnte und legte die Platinen zurück auf ihre Schutzfolie.
„Wenn ich ein echtes Genie wäre, würde es funktionieren. Tut's aber nicht.“
Er rief an seinem Computer das selbst geschriebene Programm auf. Julian konnte eine Reihe von Ziffern, einige Programmierbefehle und einen kleinen Oszillografen erkennen, der allerdings nicht ausschlug.

„Was ist denn das?"
„*Orderline,* mein Programm."
„*Order* wie ‚befehlen'?"
„Genau. In dieser Zeile gebe ich Kommandos ein. Es geht ganz einfach, weil es bislang nur vier Möglichkeiten gibt: rechts, links, vor und zurück."
„Und wie kommt das bei den beiden Mäusefreunden da drüben an?"
„Mit Infrarotübertragung. Wenn ich den Computer schnurlos mit der Chipkarte verbinde, die ich dann bei den Mäusen ..."
Julian unterbrach ihn: „Habe ich was verpasst? Mäuse können, glaube ich, bislang weder Chipkarten lesen noch haben sie eine Steckdose."
„Und genau das ist die riesengroße Hühnerkacke." Joe raufte sich die Haare. „Ich habe die Befehle so angelegt, dass sie über Puls und Nervenströme an das Hirn der Maus weitergeleitet werden. Aber wie befestige ich so einen Chip an einer Maus? Dieses Problem macht mich tierisch wütend!" Joe sprang auf.
Julian drückte seinen Freund zurück auf den Stuhl. „Stopp, Alter, stopp. Geh lieber kalt duschen, bevor du noch einmal alle Möbel aus dem Fenster wirfst, okay?"
Joe brummte nur.
„Vielleicht kann ich dir helfen?"
„Du?", fragte Joe ungläubig. „Du hast doch echt keinen Schimmer."
Julian überhörte die Kränkung. „Ich bin vielleicht nicht so begabt wie du, aber trotzdem habe ich was drauf. Wir haben den Codeknacker schließlich zusammen entwickelt. Ich finde immer eine Lösung, weil ich mein Hirn an-

strenge, statt mein Bettzeug in den Garten zu befördern. Alles klar? Also halt mal für einen Moment deine Klappe." Nachdem er kurz nachgedacht hatte, sagte er: „Ich habe eine Idee. Bin gleich zurück."
„Wo willst du denn hin?", fragte Joe.

* * *

Nach einigen Minuten kehrte Julian triumphierend mit einer Nähnadel und einem Bindfaden zurück. „Die einfachsten Lösungen sind oft die besten."
„Nähen wir uns jetzt einen Knopf an, Julian?", murmelte Joe desinteressiert.
„Nein, wir nähen uns eine Maus an!"
Joe sah ihn verblüfft an.
„Nur ein Scherz, Alter, nur ein Scherz."
Julian kramte ein Feuerzeug aus der Hosentasche und erhitzte die Nadel. Dann zog er Joes Lupe mit der Lampe über den Chip und bohrte die rot glühende Nadelspitze vorsichtig hinein.
„Pass auf! Du machst ihn nur kaputt", maulte Joe. „Das war eine Sauarbeit."
„Vertrau mir und halt einfach die Klappe", flüsterte sein Freund hochkonzentriert. „Ich steche nur in den äußersten Rand." Langsam bohrte sich die heiße Nadel ein zweites Mal durch das Metallplättchen.
„Und jetzt?" Joe verstand gar nichts mehr.
Julian nahm das Ende des Fadens in den Mund, um ihn zu befeuchten. Dann versuchte er, die dünne Schnur unter der Lupe durch die zwei Löcher zu schieben.
„Was hast du nur vor?"
Strahlend präsentierte Julian den Chip mit dem Faden.

„Den kannst du jetzt festbinden."
„Festbinden?!"
„Am Bauch der Maus! Das Prinzip ist wie bei einer Armbanduhr. Wenn *Orderline* dann tatsächlich funktioniert, schenke ich deinen Mäusen einen echten Modegürtel von Joop und dazu ein paar passende Handschuhe von Jil Sander."
Julian öffnete den Käfig und holte eine Maus heraus. „Halt mal!"
Joe hielt die Maus vorsichtig fest, während sein Freund dem Tier die Platine auf den Rücken band.
„Tu ihr nicht weh!", sagte Joe in warnendem Ton.
„Oh Mann, ich schnür sie schon nicht zu Tode! Oder sehe ich etwa aus wie der Henker von Huntsville?"
„Der nimmt Spritzen, du Idiot."
„Ist schon gut, beschimpf mich nur weiter. Ich hab das bestimmt verdient."
Vorsichtig ließ Joe die Maus mit der Platine auf den Boden. Sie lief sofort los. „Mist, jetzt habe ich das Programm nicht aktiviert!"
„Das ist auch nicht mehr nötig." Julian deutete auf die Maus, die über den Teppich huschte und dabei an ihrem roten Schwanz den Chip mit der Schnur hinter sich herzog, der unsanft hin und her geschleudert wurde.
„Im Ansatz nicht schlecht", kommentierte Julian. „Aber dennoch deutlich verbesserungswürdig. Ich hoffe, der Chip ist einigermaßen stabil."
Sie wiederholten die Prozedur mehrere Male. Immer wieder wuselte die Maus durchs Zimmer und schüttelte den Chip ab.
Beim nächsten Versuch hielt die Schnur etwas länger.

„Und?", fragte Julian aufgeregt. „Programmierst du sie jetzt?"
„Ich versuch es." Joe tippte hektisch ein paar Befehle ein. Der grüne Oszillograf zeigte nichts an. „Rechts", rief Joe und hackte den Befehl in den Rechner. „Keine Reaktion!" Er hämmerte weitere Kommandos in die Tastatur. „Jetzt links!"
„Nix! Vielleicht sind die Detektoren auf der Unterseite defekt. Oder verschmutzt."
Die Maus trippelte hektisch von einer Zimmerecke in die andere. Julian kletterte rasch aufs Bett, um sie besser beobachten zu können. „Der Chip ist schon wieder leicht verrutscht", sagte er. „Aber noch nicht abgefallen."
„Das gibt's nicht ..." Joe starrte verblüfft auf den Oszillografen, der grüne Zickzacklinien zeichnete.
„Es funktioniert!", schrie er. „Es funktioniert."
Rasch gab er alle Befehle ein, aber die Maus hatte ihren eigenen Weg eingeschlagen. Mittlerweile war der Chip so weit verrutscht, dass er genau über ihrem Kopf lag. Der Oszillograf schlug ungeachtet der Befehle weiter aus.
„Wahnsinn!", meinte Julian verblüfft. „Es funktioniert tatsächlich!"
„Nicht ganz", sagte Joe. „Das Ding reagiert überhaupt nicht auf meine Befehle."
„Was?" Julian stieg vom Bett. „Was soll das bedeuten?"
„I... ich weiß nicht."
Joe fing die Maus ein und löste die Schnur. „So, und jetzt wieder schön zurück in den Käfig!"
Danach setzte er sich an den Computer und spielte immer wieder die Aufzeichnung der grünen Ausschlagkurven ab.

„Ich möchte nur wissen", murmelte er.
„Der Chip befand sich direkt über dem Kopf der Maus. Vielleicht hast du die Hirnströme aufgezeichnet", vermutete Julian und legte sein Handy beiseite.
„Messtöne aus dem Hirn?" Joe zeigte ihm den Vogel. „Bist du total bescheuert?"
„Wieso Messtöne. Es könnte ..." Julian blieb der Mund offen stehen. Er hielt inne. „Was ist, wenn dein Programm nicht funktioniert?"
Joe gab ihm einen Stoß. „Das weiß ich schon selber, Klugschwätzer."
„Nein, lass mich doch mal ausreden! Was ist, wenn du etwas anderes gefunden hast?"
„Was denn? Die davonlaufende Nähschnur?"
„Nein, aber was wäre", meinte Julian, „wenn dieser Chip Gedanken lesen könnte?"
„Redest du von meinem Chip? Wenn der Gedanken lesen könnte, hätte er bei dir nicht viel zu tun."
„Nein, ernsthaft. Kolumbus wollte nach Indien und entdeckte Amerika. Du hast vielleicht auch nicht das entdeckt, was du eigentlich gesucht hast."
„Julian, im Ernst, verschwende nicht meine Zeit und red nicht so einen Müll."
„Okay, Alter. Gib mir wenigstens eine Chance, es dir zu beweisen."
Joe gab gelangweilt nach. „Bitte, wenn du unbedingt willst ..."
Julian nahm den Chip der Maus und löste den Bindfaden. „Los, Alter, wirf die Kiste an."
Joe wandte sich betont langsam seinem Rechner zu. Der Oszillograf zeigte nur einen grünen Strich. Doch dann

begann er plötzlich, wie wild auszuschlagen. „W... was ..." Fassungslos starrte er Julian an, der sich die Platine mit einem Finger gegen die Stirn presste.
„Ich hatte Recht!", frohlockte Julian.
Und während er sprach, schlugen die Linien noch stärker aus. „Pass auf, Alter, ich denke an etwas Bestimmtes und du zeichnest es auf. Wollen doch mal sehen, ob wir Gedanken lesen können."
„An was denkst du?", fragte Joe.
„Das geht dich gar nichts an ..."
Gemeinsam betrachteten sie das Ergebnis. In verschiedenen Fenstern sah Joe die „Gedanken"-Kurven von Julian und der Maus.
„D... das ist phänomenal", stotterte Joe.
„Und sieh mal, der Oszillograf schlägt jetzt in verschiedenen Frequenzen und Farben aus, als ob dein *Orderline* die Gedanken in einzelne Stränge aufteilt ..."
„Unglaublich", meinte Joe und konnte sich nicht recht rühren. Erst allmählich schien er aus seinem Schockzustand zu erwachen. Er schrieb Namen, Datum und Uhrzeit dazu und speicherte alles ab. Danach fertigte er eine Sicherheitskopie der Daten an.
„Angenommen, du hast Recht, und ich zeichne tatsächlich Gedanken auf", meinte Joe. „Wie kann ich sie entschlüsseln?"
Julian zuckte mit den Schultern und ließ sich im Sessel am Fenster nieder. „Das schaffst du, davon bin ich überzeugt. Und stell dir bitte vor, wie viel Geld uns diese Sache einbringen wird!"
„Geld?"
„Klar!"

„Uns?"
„Na, ich habe dich doch erst darauf gebracht." Julian griff in seine leere Chipstüte und sammelte die Krümel auf. „Du wirst doch nicht den Ruhm für dich allein haben wollen?"
„Ruhm? Geld? Sag mal, Julian, was redest du eigentlich für einen Scheiß?"
„Na ja, eins steht doch fest. Wenn du die Gedankenströme entschlüsselt hast, wird dir jede Firma Millionen bieten. Gedanken lesen, Alter, das will die ganze Welt!"
„Blödsinn!"
„Sag nicht Blödsinn! GoTo ist sicher auch längst Millionär."
„Wenn er so verdammt reich ist", sagte Joe, „warum lebt er dann versteckt? Wieso kennt niemand seine E-Mail-Adresse?"
„Er lebt nicht versteckt, sondern zurückgezogen, um besser arbeiten zu können. Außerdem kennt jeder seine E-Mail-Adresse, nur antwortet er nie. Ich nehme an, dass ihm die Geschichte mit dem Geheimdienst noch in den Knochen steckt. Die wollten ihn nach dem großen Skandal garantiert grillen."
Jetzt lachte Joe: „Julian, du solltest mit deiner blühenden Fantasie Filme drehen."
„Wie wär's mit Horrorfilmen?" Julian markierte einen Herzanfall. Sein Kopf wurde rot und röter, die Augen groß und größer, der Mund stand offen, die Zunge trat hervor.
„Mann, bist du widerlich."
„Aber lieber widerlich als so ein langweiliger Spießer wie du. Im Ernst, Joe, du solltest aus dieser Entdeckung so viel Kohle rausholen, wie es geht. Das ist deine Chance!"

„Vielleicht ist das der Grund, warum du kein besonders guter Programmierer bist, Julian. Du denkst nie an das logische Problem, sondern nur an das, was du aus einem Programm herausschlagen kannst."

„Und was ist falsch daran, sich solche Gedanken zu machen?"

„Gedanken über die Sache ja, aber Vermarktung ist ein völlig anderer Punkt. Schau, ich will dieses Rätsel lösen, weil es mich interessiert. Und nicht wegen der Kohle, die später mal dabei herausspringt."

„So, Kohle ist unwichtig? Auf wen kannst du denn zurückgreifen? Deine Eltern sind tot, andere Verwandte hast du nicht. Also, wer würde dir schon was vererben? Kohle ist Unabhängigkeit, Alter, echte Unabhängigkeit."

„Schwachsinn!", erwiderte Joe.

„So nachdenklich kenne ich dich gar nicht", spottete Julian.

„Wenn du nichts dagegen hast, mache ich mich jetzt mal an die Arbeit. Ich muss ins Internet", erwiderte Joe. Von diesem Augenblick an war er nicht mehr ansprechbar. Das Web absorbierte ihn wie immer völlig, stellte Julian fest.

Joe surfte die ganze Zeit herum. Allerdings ohne Ergebnis. Die wichtigsten Companies, die sich mit künstlicher Intelligenz auseinander setzten, benötigten ein Passwort. Joe setzte widerstrebend den Codeknacker ein und sah sich vorsichtig um. Es gab nur eine Firma, die sich mit diesem Thema näher befasste, die *Sirrom Cooperation*. Aber auch sie hatte bisher offensichtlich nichts herausgefunden oder ihre wissenschaftlichen Ergebnisse nicht dokumentiert. Schließlich suchte er spezielle Newsgroups

für künstliche Intelligenz auf und hinterließ einen Hilferuf. Gegen halb vier Uhr morgens lehnte sich Joe enttäuscht zurück. Julian schlief im Sessel, sein Handy auf dem Bauch.
Joe liebte die Nacht und die Stille. Das ganze Internat schlief. Draußen wurde es hell. Irgendjemand würde schon antworten. Irgendjemand da draußen kannte die Lösung. So war es immer.

3

Dr. Morris sah ihn lange und eindringlich an und blies ihm den Rauch seiner Zigarre ins Gesicht. „Ich bin wirklich sehr enttäuscht von dir", sagte er. Er gab Mello ein Zeichen, der daraufhin ein Klappmesser aufspringen ließ. Beide Männer waren nicht die Spur gealtert, dachte GoTo sorglos, doch im nächsten Moment kam die Angst angekrochen. Nein, die Angst hatte eigentlich die ganze Zeit in der Luft gelegen und breitete sich aus. Überall: an den Wänden und unter seinen Füßen. Dann hörte er sich atmen, ruhig atmen. Da wusste er, dass es ein Traum war. Der immer wiederkehrende Albtraum, gegen den es nur ein Mittel gab: Aufwachen!

GoTos Geist war hellwach, aber sein Körper schlief noch. Er versuchte, die Hand zu bewegen, die Augen zu öffnen, zu schreien. Unmöglich. Er sah nur schwarz. GoTo fühlte sich in seinem schlafenden Körper gefangen. Er konnte draußen den Müllwagen hören, aber er konnte keinen Mucks von sich geben.

Die Angst wuchs, sein Atem ging jetzt stoßartig. Und dann war der Zauber plötzlich gebannt. GoTo erwachte, fuhr in seinem Bett hoch und japste nach Luft, als wäre er gerade noch einmal dem Tod durch Ertrinken entronnen. Er sah auf den Wecker: elf Uhr morgens. Er warf einen Blick zum Computer rüber und dann fiel ihm alles ein. Die halbe Nacht am Rechner. Der volle Aschenbecher.

Verärgert über seine schlechten Nerven, erhob er sich, stellte sein elektrisches Laufband auf Höchstgeschwindigkeit und rannte – eine Stunde lang. Gegen die Angst.

Schließlich stieg er unter die Dusche, rasierte sich und zog sich an. Der Hunger trieb ihn aus dem Haus. Er schloss die Haustür ab, riskierte einen Blick ins Treppenhaus und verließ dann doch lieber das Gebäude über die Feuertreppe. Angst.
Traf GoTo mal unvermittelt einen Nachbarn am Mülleimer, zuckte er erschrocken zusammen, lächelte mit dünnen Lippen und blieb einsilbig.
Nichts schien mehr wie vorher. Seinen Namen hatte er in Paulus Wenz geändert, als kleine Mahnung an den Oberst, der ihn als Mello in den ganzen Schlamassel hineingezogen hatte. Niemand würde vermuten, dass er sich den Namen seines Feindes übergestreift hatte wie einen alten Pullover.
GoTo setzte sich eine dunkle Sonnenbrille auf, sprang die Treppen zur U-Bahn hinab, kaufte eine Zeitung und zog seine Wollmütze tiefer ins Gesicht. In der Bahn überflog er die Überschriften. Nichts lenkte mehr die Aufmerksamkeit auf einen, als wenn man untätig herumstand. Die Angst war noch immer stark.
GoTos offizielle Website stand seit zwei Jahren verwahrlost im Netz. Keine neuen Einträge, keine Antworten auf E-Mails. Was aber die Flut an elektronischen Briefen keineswegs eindämmte. Im Gegenteil. Viele Hacker benutzten seine Adresse für die absurdesten Beichten, die GoTo längst müde war zu lesen. Lieber nichts unternehmen, das irgendjemanden auf seine Spur hätte bringen können.
Gierig wie ein Rentner besetzte GoTo einen Platz.
Er starrte auf die Zeitung, ohne eine einzige Zeile wahrzunehmen.
Ein Jahr. Das sind zwölf Monate, sind 365 Tage, sind

8760 Stunden, sind 525 600 Minuten, sind 31 536 000 Sekunden, dachte er, die er Doktor Morris überlassen hatte. Er tat alles. Ganz gleich was Morris von ihm verlangte. Aber GoTo arbeitete nur auf halber Kraft, was für den ollen Doktor schnell genug war. Denn als Hacker brauchte er seine Energie, um zu sammeln. Beweise. Namen. Daten. Zeugen. Opfer.

* * *

GoTo stieg am nächsten Halt aus und sprang in eine völlig andere Bahn, die verrutschte Mütze tief ins Gesicht gezogen. Er sah sich kurz in einem Schaufenster und dachte nur eins: Paranoider mit Wollmütze. Du hast Verfolgungswahn, Mann!

* * *

Schließlich kam der Tag X. GoTo hatte ganze Arbeit geleistet und seine Ergebnisse zunächst anonym ins Netz gestellt. Aber dann spiegelte er die Seite rund um den Globus, hackte sich in die Seiten bekannter Online-Magazine ein und präsentierte dort seine eigenen Nachrichten: das System Morris. GoTo machte öffentlich, wen Morris erpresste und was für irrwitzige Versuche er im Geheimen durchführte.
GoTo stellte sein Dossier mit allen Daten und Fakten ins Internet. Doktor Morris, sein braver Helfer Oberst Wenz und das Operationsnetz des *Neo Nachrichtendienstes.*
Die Fernsehstationen überschlugen sich, auf allen Kanälen wurden die üblichen Serien und Filme für eine Sondersendung unterbrochen. Überall prangte das Foto von Doktor Morris. Auch die Tageszeitungen nahmen ihn auf

die Titelseite. Doch bald schon sprach niemand mehr von Morris, sondern von den veralteten Leitern des *NND*. Es begann ein in Deutschland einmaliger Gerichtsprozess, der sich über mehrere Jahre hinzog. Während der Verhandlungen wurde GoTo immer wieder um Kommentare gebeten. Aber bald schon zog er sich zurück, denn Morris gelang es, den Verhandlungen fernzubleiben. Der Doktor habe ein Rückenleiden, behauptete ein Sachverständiger, sodass Morris unmöglich am Prozess teilnehmen könne.

Kurz darauf gründete GoTo die Firma *Hell*, die sich darauf spezialisierte, Firmen und Institutionen vor den unerlaubten Zugriffen von Hackern zu schützen.

GoTos Ruhm zog Kunden an. Große Firmen, große Namen. GoTo stellte immer mehr Leute ein. Und alles lief bestens, aber dann geschah etwas: Die Angst kam wieder zum Vorschein. Sie hängte sich wie ein schwerer Regenmantel über ihn.

GoTo wurde immer nervöser. Zunächst gab es Streit mit seiner Freundin Patrizia. Immer wieder behauptete er, sie würde ihn im Auftrag von Morris ausspionieren. Bald hatte sie GoTos Albträume und seine Verdächtigungen satt und zog aus.

Auch seine Position bei seiner Firma *Hell* geriet immer mehr ins Wanken. Einer der Geschäftsführer schlug dann diplomatisch vor, er solle sich ein Jahr Auszeit nehmen und sich schonen. Schließlich war das Nervenbündel weder der Kundschaft noch den Mitarbeitern zumutbar. Aus diesem einen Jahr waren nun beinahe sieben geworden. Die Firma hatte er verkauft.

* * *

GoTo überquerte die Straße und schlug den Weg Richtung Passage ein. Auf der anderen Seite der Passage erkannte er *Tom's Diner,* ein kleines Burger-Restaurant. Gegen seine Gewohnheit hatte er sich mit jemandem verabredet. Mit einem Fremden. Joe. Er dachte an seinen Traum und holte noch einmal tief Luft.
Dann bestellte er sich in *Tom's Diner* an der Bar einen Texasburger mit extra scharfer Sauce, dazu amerikanische Kartoffelecken, etwas Salat und ein alkoholfreies Bier. Mit dem Essen auf dem Tablett sah er sich in aller Ruhe um. Er trug noch immer seine Sonnenbrille, sodass kein Beobachter wissen konnte, wohin er tatsächlich blickte. Schließlich entdeckte er einen freien Platz und setzte sich direkt neben einen Jungen, der an einer Cola nippte. GoTo nahm die Zeitung aus der Tasche. In Wahrheit aber taxierte er den Jungen. Er saß vor seinem Glas und starrte vor sich hin.
Ob dieser Joe einer von Morris' Leuten war?
GoTo überprüfte beiläufig den Ausgang und die anderen Tische, als halte er nach einer Bedienung Ausschau. Nichts Verdächtiges. Du siehst mal wieder Gespenster!, sagte er sich.
Er holte seinen Zuckermesser aus der Tasche, stach sich unauffällig unter dem Tisch in den Finger und ließ das Gerät die Blutwerte anzeigen. Auf Insulin konnte er als Diabetiker nicht verzichten. Unbemerkt von den anderen Gästen zog er das Hemd ein Stück hoch und injizierte sich die erforderliche Dosis. Anschließend räumte er die Utensilien in die Tasche zurück, zog den Reißverschluss zu und räusperte sich: „Kann ich mal das Ketschup haben, bitte?"

Der Junge reichte es ihm herüber. Nette offene Augen, bemerkte GoTo. Ehrliche Augen. Und verdammt viele Sommersprossen.

* * *

Joe kochte innerlich vor Wut. Seit einer geschlagenen Stunde wartete er auf seine Verabredung, die ihm Hilfe bei *Orderline* versprochen hatte. Sein Geld reichte nur für eine Cola. Alle anderen stopften sich diese riesigen Burger in den Mund, schaufelten Pommes und Kartoffelecken mit Mayo in sich hinein. Auf seinem Tisch standen Ketschup, saures Gurkenrelish, gehackte Zwiebeln. Joe hatte keine Lust, sich von Julian Geld zu leihen. Nicht schon wieder. Also schlürfte er wie ein Magenkranker immer ein wenig von der Cola.
Warum kam dieser Paulus nicht? Alles Internet-Idioten, dachte er bitter. Abgehalfterte Datenbank-Freaks und unerträgliche Schnatterheinis, die in den Chats die Welt mit unnötigem Gelaber füllten.
Joe blickte sich um. Da war niemand, der Paulus Wenz hätte sein können. Nur dieser nervöse Hampel mit der Sonnenbrille neben ihm, der dauernd unter dem Tisch herumhantierte oder mit der Zeitung raschelte. Das regte Joe zusätzlich auf. Außerdem musste Joe dringend aufs Klo, traute sich aber nicht zu gehen, weil vielleicht ausgerechnet dann seine Verabredung kam. Aber wahrscheinlich war es ohnehin schon zu spät. Und wenn er den Typ nebenan bitten würde, für ihn die Augen offen zu halten? Joe schüttelte den Kopf. Einen Typen mit Sonnenbrille in einem Imbiss sprach er lieber nicht an. Dann dachte er darüber nach, ob es tatsächlich das *Tom's Diner*

Nähe Ku'damm war oder ob es noch ein zweites Restaurant mit diesem Namen gab. Und der geheimnisvolle Paulus wartete da womöglich schon genauso lang wie er ... Diese Vorstellung trug nicht gerade zu Joes Entspannung bei. Er ballte die Fäuste. Je länger er wartete, desto zorniger wurde er.
GoTo wiederum sah immer wieder verstohlen zu Joe herüber. Vielleicht waren das hier alles keine normalen Gäste, sondern Agenten von Morris, sagte er sich. Vielleicht hatte der Doktor sogar das Personal für Spitzeldienste angeworben.
Der Schweiß stand ihm auf der Stirn, nicht nur wegen der verdammt scharfen Texassauce. Für den Fall der Fälle besaß er eine Waffe. Er holte sie aus seiner Jackentasche und entsicherte sie unauffällig unter dem Tisch. Es war nur eine Gaspistole. Eigentlich hasste er Waffen. Aber wenn sie jetzt kämen, sich rechts und links neben ihm platzierten, um ihn aus dem Lokal zu entführen, würde er rückhaltlos von der Pistole Gebrauch machen. Wieder sah er zu dem Jungen rüber, beruhigte sich ein wenig, sicherte die Waffe, verwahrte sie in der Jackentasche und wischte sich den Schweiß mit einer Serviette fort.
„Du machst mit deiner Panik noch alles kaputt", stellte er leise fest. „Du blödes paranoides Arschloch!"
„Sag das noch mal!"
GoTo blickte in das Gesicht des Jungen. Der sah jetzt gar nicht mehr so freundlich aus.
„Los, sag's noch mal!"
„I... ich?", fragte GoTo dämlich und rückte verlegen an seiner Brille herum. „I... ich habe doch gar nichts gesagt."

„Was soll das Gequatsche mit der Panik?"
Joe stand auf und packte GoTo am T-Shirt und zog ihn zu sich hoch. GoTo bekam kaum noch Luft, die Sonnenbrille verrutschte.
„Und ist die Bezeichnung ‚Arschloch' die standesübliche Anrede auf deinem Planeten?"
Arschloch? GoTo fiel aus allen Wolken. Hatte er das alles laut gesagt? Gütiger Himmel, sprach er jetzt schon mit sich selbst? Er wusste es nicht. Die Angst zerfraß ihn, wie Motten einen alten Schal zerlöchern.
Die Waffe, dachte er. Doch im Würgegriff fuhren seine Arme automatisch nach oben. Dann fiel die Sonnenbrille zu Boden.
„Tut mir Leid", würgte GoTo hervor. „I... ich hatte nicht dich gemeint."
„Nicht mich? Siehst du denn sonst noch jemanden hier?" Joe fand wie immer für seine Rage keinen Abschaltknopf. Er wartete zu lange, viel zu lange schon.
GoTo versuchte, Joes eisernen Griff zu lösen, indem er die Daumen des Angreifers nach innen drückte. Ein stechender Schmerz durchfuhr Joes Hände. Dieser Impuls weckte seinen Verstand. Prompt hielt Joe inne.
GoTo nützte die Zeit, um nach seiner Waffe zu tasten, kam aber nicht dran. Alle Gäste blickten zu ihnen herüber.
Zeit zu gehen. Joe wollte jetzt nur noch nach Hause. Ermüdet entließ er GoTo aus dem Klammergriff, der unsicher gegen seinen Tisch prallte. Das Bierglas fiel zu Boden, zerbrach, und eine Schaumpfütze breitete sich am Boden aus. Immer noch glotzten die anderen Gäste.
GoTo rieb sich den Hals. Der Knabe hatte was. Etwas, das

ihm selbst schon lange abhanden gekommen war: Kraft. Aber offenbar wusste der Junge nicht recht, wohin damit. Es ist die Kraft, dachte GoTo bitter, sich zu wehren. Dieser Typ würde sich nie verkriechen. So ein Verhalten konnte zwei Ursachen haben: entweder eine überragende Intelligenz oder die dumpfe Blödheit eines Schlägertypen.

„Warte mal", sagte GoTo und räusperte sich. „Sorry, ich habe mit mir selber geredet … Das tut mir echt Leid."

Joe behielt den Tresen im Auge, jede Sekunde, die er länger hier ausharrte, brachte ihn dem Heim für schwer erziehbare Jugendliche näher. Ungläubig kniff er ein Auge zu. „Du meinst, du hast dich selbst als Arschloch bezeichnet?"

„Ja. Komm, geben wir uns die Hand. Frieden, okay?"

Joe wischte sich mit seinem Ärmel die Nase. „Einverstanden."

GoTo hob seine Sonnenbrille wieder auf und wandte sich an die Gäste des Lokals, um Entwarnung zu geben. Keine blutenden Nasen, keine gebrochenen Rippen, keine Sensationen. „Ein Missverständnis", rief er laut in die Runde und hob beschwichtigend die Hände. „Es ist alles in Ordnung, Herrschaften, Sie können in aller Ruhe weiteressen."

Tatsächlich kümmerten sich die meisten wieder um ihre eigenen Angelegenheiten. Auch der Typ an der Theke ging wieder dazu über, seine Gläser abzutrocknen. Das war echt knapp, dachte Joe.

„Willst du dich nicht einen Moment setzen?", fragte GoTo. Joe wusste nicht, was er sagen sollte.

GoTo lächelte. „Ich heiße übrigens Paulus Wenz."

„Paulus?“ Joe ging ein Licht auf. „Sind wir nicht verabredet? Du hast doch auf mein E-Mail geantwortet.“
„Es ging um dieses *Orderline*. Aber wie war dein Name? Joe?“
Er nickte. „Warum hast du mich dann nicht angesprochen?“, wunderte sich der Junge. „Stattdessen sitzt du hier seelenruhig zwanzig Minuten direkt neben mir.“
„Ich muss eben vorsichtig sein.“ GoTo gewann seine Sicherheit zurück. „Ich glaube allerdings kaum, dass mir das gelungen ist.“ Er seufzte. „Kann ich dich denn zu einem Getränk einladen? Noch 'ne Cola?“
Joe nickte. „Aber ich muss noch mal kurz wohin ...“ Er zog sich in Richtung Toiletten zurück. Das erschien ihm die günstigste Gelegenheit zu sein, um abzuhauen. Schließlich konnte dieser Paulus auch ein Verrückter sein. Ein Irrer, ein Perverser, ein Mörder, der Joe in seine Einzelteile zersägte und später seine Geschichte an eine Zeitschrift verkaufte. Langsam urinierte er in das Becken, das automatisch spülte, sobald er einen Schritt zurücktrat. Andererseits wuchs aber auch seine Neugier. Er wusch sich die Hände und steuerte dann doch auf Paulus' Tisch zu. Der winkte ihm aus der Schlange an der Kasse kurz zu. Joe half schließlich einer der Angestellten beim Beseitigen der Scherben.
„Ich habe dir auch gleich einen Burger mitgebracht“, sagte GoTo am Tisch. „Ich hoffe, es ist dir recht ... Bilbao?“
Joe sah ihn nachdenklich an. „Heißt das ‚in Ordnung'?“
GoTo nickte.
„Bilbao.“
Joe schaufelte gierig Zwiebel, Gurken und die anderen

Beilagen auf das dunkelbraune Fleisch. Seine Wut schien verflogen. Der Junge ist wild, stellte der Hacker fest und folgte mit seinem Blick dem Ketschup, das langsam Joes Backe hinunterlief. Sehr wild und ungestüm. Aber kein schlechter Bursche. So ähnlich war ich früher auch. Mal sehen, ob er auch Grips hat.
„T... tut mir Leid, das eben", sagte Joe schließlich kauend. „Manchmal gehen einfach die Pferde mit mir durch. Aber ich tu was dagegen ..."
„So? Was denn?", fragte GoTo leicht amüsiert.
„Ich trete gegen einen Sandsack. In der Turnhalle."
„Oh, wie beruhigend ..."
Joe ließ sich durch den spöttischen Ton nicht beirren.
„Dazu gehören aber auch Yoga und Atemübungen. Jedes Mal wenn ich wütend werde, soll ich ganz ruhig durchatmen, sagt Benno."
„Benno?!"
„Benno Kleinschmidt. Mein Lehrer und Trainer."
Joe wischte sich mit seinem Hemdsärmel kurz über sein verschmiertes Gesicht, bevor er mit vollem Mund weitersprach: „Aber jedes Mal wenn ich sauer werde, fällt mir der Atemtrick nicht mehr ein ..."
„Du bist also noch Schüler ..."
Joe nickte. „Hermann-Kesten-Internat."
„Internat? Und deine Eltern?"
„Tot", sagte Joe so beiläufig, wie es ging, damit keine blöden Nachfragen kamen.
„Wie bist du zum Programmieren gekommen?"
„Also, ehrlich gesagt, kam die Idee von Benno. Er hat mir den Rechner hingestellt und ich arbeite ihn ab. Es war so, als hätte mit dem Computer mein Leben einen Sinn be-

kommen. Alle Lichter gingen an. Weißt du, was ich meine?"
„Und ob ... Das geht nicht vielen so. Scheint ja ein kluger Mann zu sein, dieser Benno ..."
„Klug ja", meinte Joe und steckte sich nachdenklich eine Hand voll Pommes in den Mund. Das Salz zog seinen Speichel zusammen. „Vor allem ist Benno fair. Das kann ich nicht von jedem Lehrer sagen ..."
„Ich habe die Schulzeit gehasst", meinte GoTo und war überrascht, wie rasch er vertraulich wurde. Wo war die Angst? Sie ging wohl an die frische Luft und machte ihre Runden um die Häuser. Er wirkte geradezu erleichtert. „In der Schule stieß ich allerdings auf meinen ersten Computer. Einen Amiga. Danach hatte ich zu Hause einen Atari und den allerersten Apple. Aus dem Versandhaus, in Einzelteilen. Habe ich alles selbst zusammengebaut."
„Cool!", entfuhr es Joe. „Ich habe meinen auch schon ganz auseinander genommen. Ich könnte ihn mit verbundenen Augen wieder zusammenpuzzeln. Wie diese amerikanische Eliteeinheit, die Green Barrets, die ihre Waffen blind zusammenstöpseln."
„Dann verkehrst du doch sicher regelmäßig im *Computer Underground Club"*, horchte er den Jungen weiter aus.
Joe sah ihn irritiert an.
„Nein, das sind doch nur Snobs."
„Snobs?"
„Hackersnobs. Typen, die nur dafür leben, eine bescheuerte Website zu knacken."
GoTo amüsierte sich prächtig. Der Junge sprach ihm aus dem Herzen.
„Und du hackst nicht?"

Joe zog eine Schnute. „Nicht dass ich es nicht könnte, aber mich interessieren andere Dinge ... Ich habe auch nicht viele Freunde. Darum liebe ich das Internet. Dort treffe ich so viele Leute, ohne dass sie ..."
„... dir zu nahe treten können", vollendete GoTo den Satz.
„Genau! Und du? Was machst du so, Paulus?"
GoTo dachte kurz nach, entschied sich dann doch für die Vorsicht. Mühsam versuchte GoTo, sich die Geschichte in Erinnerung zu rufen, die er jedem auftischte, wenn sich – was selten genug vorkam – ein Gespräch ergab.
„Also, ich habe eine Kleinigkeit geerbt und lebe und arbeite zu Hause."
„Geerbt? Cool! Wie viel denn?"
„Na ja, halb so wild. Ich kann ganz gut davon leben, weil ich sehr sparsam bin. Erzähl mir noch einmal, welches Problem du genau hast."
Joe schilderte das Experiment mit den Mäusen. Als er von dem Bindfaden erzählte, lachte GoTo laut auf. „Und das Messgerät schlug wirklich aus?", fragte er dann plötzlich ernst.
„Ja", bestätigte Joe. „Wie verrückt. Und besonders stark, als Julian sich den Chip auf die Stirn legte. Dabei hatte ich gedacht, dass in seinem Kopf überhaupt nichts vorgeht."
„Kann ich mir *Orderline* ansehen?"
„Klar, auf meinem Rechner ..."
„Hast du kein Notebook?"
Joe winkte ab. „Ein Notebook? Woher sollte ich denn das Geld dafür haben?"
„Stimmt auch wieder. Falls wir zusammenarbeiten sollten, stelle ich dir eins zur Verfügung."

Joe reagierte überrascht. „Echt?"
„Bilbao", meinte GoTo und rückte mit seinem Geheimnis heraus: „Ich entwickle seit zwei Jahren ein Programm, das sich mit ähnlichen Dingen beschäftigt. Es heißt *BACK-UP.*"
Joe grinste: „Und experimentierst du auch mit Mäusen und Bindfäden?"
GoTo sah ihn ernst an. „Nein, mit mir selbst."

4

Beschwingt lief GoTo nach Hause. So unbeschwert hatte er sich schon lange nicht mehr gefühlt. Zum ersten Mal seit Jahren hatte er sich einem Menschen anvertraut. Er hatte keine Ahnung, ob Joes Programm ihn wirklich weiterbringen würde, aber der Junge selbst war ein Hauptgewinn. Von seiner Gereiztheit abgesehen, schien er offen, aufgeweckt und ideenreich. Fröhlich besuchte GoTo einen CD-Laden, verweilte dort eine Stunde unter den verschiedensten Kopfhörern und kaufte schließlich einen ganzen Stapel CDs: Schweinerock, coolen Jazz und ein paar Trancegeschichten, bei denen sich nachts besonders gut arbeiten ließ. So etwas hatte er seit Jahren nicht mehr getan. Anschließend nahm er den direkten Weg nach Hause, schlug keine Haken und machte keine seltsamen Ausweichmanöver. Zu Hause legte er eine seiner neuen CDs auf, stellte die frisch gekauften Blumen ins Wasser und wusch das Obst ab. „Schluss mit der einsamen Höhle!", sagte er sich und leerte seinen Schreibtisch. Die vielen seltenen und empfindlichen Geräte darunter deckte er mit einem Vorhang ab.
Dann brachte er Ordnung in seine Regale, bezog sein Bett, ließ die Trommel der Waschmaschine ihre Runden drehen, putzte die Fenster und pfiff dabei mehr oder weniger melodisch zur Musik. Zufrieden betrachtete er am Ende das Ergebnis seiner Arbeit und platzierte die Blumen auf dem Schreibtisch. Das hätte er früher nie getan. Wenn die Vase umfiel, konnte sie einen Stromausfall auslösen, und alle Daten würden verloren gehen.

Er kochte einen Tee und bereitete sich ein Brot mit Quark. Dann stach er sich in den Finger, rechnete den Brennwert seiner Mahlzeit aus und spritzte sich Insulin. Plötzlich hatte er eine Idee. Gut gelaunt setzte er sich an seinen Schreibtisch. Er löschte die Festplatte seines Notebooks und installierte ein neues Betriebssystem. Als Benutzernamen gab er „Joe" ein. Er wollte sein Versprechen wahr machen. Rasch verband er seine Computer mit einem Netzwerk und hängte das Notebook daran. Sekundenschnell spielte er die benötigten Programme darauf. Nein, er war nicht wahnsinnig geworden, er würde dem Jungen das Notebook nicht schenken, sondern nur leihen. Er kopierte einen Prototyp von *BACK-UP* darauf, der immer noch nicht fehlerfrei funktionierte. Soll sich doch der Junge die Zähne daran ausbeißen!, dachte er. Nachdem er auch Büroprogramme und Mailsysteme übertragen hatte, überwand er sich schließlich zum letzten Schritt. Schließlich kann ein Backup bei *BACK-UP* nicht schaden, dachte er. Oder besser ein Update. Er stöpselte das Kabel in das Notebook und verband das andere Ende mit den Messgeräten unter seinem Tisch, die er günstig aus den Beständen eines Krankenhauses erworben hatte, das aus Geldmangel hatte schließen müssen. Er klappte seine rote Liege vor dem Schreibtisch auf und legte sein Hemd ab. Er dachte noch einmal über Joes Versuch nach und kicherte über die Geschichte mit dem Bindfaden. Na ja, es konnte sich ja nicht jeder dieses hochwertige Equipment leisten. Zu was wäre Joe wohl damit fähig?
GoTo schaltete alle Maschinen ein und drehte an den Reglern. Zunächst schloss er das Armband um sein Handgelenk. Dann feuchtete er die sieben Saugknöpfe an,

klebte sie sich auf die Brust und klemmte die Kabel ein. Er sah seinen Puls und seinen Herzschlag auf verschiedenen kleinen Monitoren. Zum Schluss setzte er sich das komplett verkabelte Lederstirnband an. Noch der rote Stecker, der blaue und der gelbe. Er rief *BACK-UP* im Notebook auf. Langsam ließ sich GoTo auf der Liege nieder und konzentrierte sich auf seinen Atem. Eine Weile meditierte er und erreichte ohne Tabletten einen Grad der Ruhe, der einem Dämmerzustand ähnelte. An den Maschinen schlugen die Pegel aus und der medizinische Drucker zeichnete seine Hirnströme auf. Von diesem leisen Kratzen begleitet, sank GoTo in den Schlaf. Auf dem Notebook begann ein Übertragungsprogramm, seine Arbeit zu verrichten. Knapp zwei Stunden blieb GoTo so liegen.
Als er wieder erwachte, war es dunkel. Er sah auf die Uhr. Gleich Mitternacht. Er löste wieder alle Kabel und kontrollierte die Aufzeichnung. Die Megabyte-Zahl beruhigte ihn. Er hätte die Daten zu gerne noch einmal abgespielt, aber das war leider nicht möglich. Er hatte, ähnlich wie Joe, ein Aufzeichnungsprogramm der Hirnströme geschaffen. Was ihm jedoch fehlte, war der Schlüssel, der Code, um die Ergebnisse auch zu interpretieren. Vielleicht war ja Joes *Orderline* der Schlüssel für die aufgezeichneten Daten. GoTo räumte das Notebook unter die Liege und zog sich an. Er öffnete das Fenster und atmete die frische Nachtluft ein.
Was mache ich jetzt?, fragte er sich. Er fühlte sich ausgeruht. Wenig später brachte er uralte Computerzeitschriften zum Altpapier in den Hof herunter. Der Metalldeckel der Tonne fiel ihm klappernd aus der Hand. Eine rollige Katze miaute. Er ging wieder in seine Wohnung und

holte den nächsten Stapel angestaubter Hefte. Beim vierten Gang ließ er die Wohnungstür angelehnt. Keine Angst mehr, dachte er.
Schweißgebadet kehrte er nach getaner Arbeit zurück und nahm sich ein Glas Milch aus dem Kühlschrank. Es roch nach Zigarettenrauch. Zieht wohl von draußen rein, sagte er sich und schloss das Fenster.
Dann sah er jemanden auf seiner Liege. Einen Mann. Er rauchte. Das Gesicht konnte er nicht erkennen, die Stimme schon.
„Hallo, GoTo, lange nicht gesehen, nicht wahr?"

* * *

Flink flogen seine Finger über die Tastatur. Er war allein im Zimmer. Den ganzen Abend schon verbrachte er, von der Begegnung mit Paulus beflügelt, an seinem Rechner. Morgen würde er dem Hacker sein Programm vorführen. Aber bis dahin musste er *Orderline* entrümpeln, schlanker und bedienerfreundlicher machen. Gut, das Programmieren fiel ihm leicht. Für ein kleines Spiel brauchte er höchstens ein Stündchen. Und an *Orderline* selbst hatte er nur ganze zwei Tage programmiert, dann allerdings wochenlang nachgebessert. Wie er das hasste! Der grobe Entwurf lag ihm, aber das Fein-Tuning trieb ihn zum Wahnsinn. Dafür fehlte ihm die Geduld.
Er warf einen Blick auf seine weißen Mäuse, eine war aktiv. Aber wo steckte die andere? Er rollte mit seinem Stuhl zum Käfig, öffnete ihn und tastete das Stroh ab. Keine Spur. Er hob das Dach des Häuschens hoch. Nichts. Schließlich rückte er das Haus vorsichtig zur Seite. Die zweite Maus schlief in der hintersten Ecke. Sie hatte sich

aus dem Stroh ein kleines Lager gebastelt. Beruhigt kehrte Joe zum Schreibtisch zurück und kontrollierte die Verbindungskabel. Er fand alle, bis auf eins. Nervös durchwühlte er das Chaos auf seinem Schreibtisch. Nichts. Er sah in alle Schubladen. Das Ding war weg!
Keine Panik!, sagte er sich. Schließlich nahm er sich den Schreibtisch ein weiteres Mal vor, wobei ein Stapel mit Schulbüchern und -heften hinüber auf Julians Schreibtisch rutschte. Eilig sammelte Joe das Zeug ein und warf einen beiläufigen Blick auf Julians Arbeitsplatz. Dort lagen Schulsachen, aber auch jede Menge undefinierbarer Zeichnungen, die er im Unterricht wohl aus Langeweile anfertigte. Und viele Zeitschriften: Computerspiel-Magazine und Bodybuilding-Heftchen. Joe versicherte sich noch einmal grinsend, dass Julian seine Hanteln unter dem Schreibtisch verstauben ließ.
Schließlich kehrte er wieder zu seiner Arbeit zurück. Um die Funktionen klarer zu definieren, hatte er zur Übersicht mehrere Buttons entworfen. Mit dem Ergebnis, dass das Programm jetzt noch chaotischer wirkte. Wer blickte denn noch bei 47 Knöpfchen durch? Also löschte er sie alle wieder. Was für ein Mist! Oh Mann, wie sollte er denn das bis morgen schaffen? Jetzt bloß nicht müde werden! Er öffnete Julians Schublade, weil der dort seinen schnell löslichen Pulverkaffee aufbewahrte. Er angelte mit den Fingern nach den Beutelchen und wurde fündig. Auf einmal stutzte er. In der Schublade unten lag das letzte Verbindungskabel für sein Mäuseexperiment. Musste wohl reingefallen sein … Joe nahm das Kabel und legte es zu den anderen. Dann füllte er Julians Kocher am Waschbecken im WC mit Wasser. Anschließend brühte er sich den

Kaffee auf. Beim ersten Schluck verbrannte er sich die Lippen. Doch allein der Geruch und die Hitze des Getränks regten seinen Geist wieder an.
Joe benannte Dateien um und legte neue Algorhythmen fest. Das Programm sollte einen guten Eindruck machen. Einen sehr guten. Um sich gegen die Umwelt abzuschotten, schob er eine Audio-CD in sein CD-ROM-Laufwerk und stöpselte einen Kopfhörer ein.

* * *

Jetzt war der Augenblick gekommen, in dem eintraf, was er fast sein ganzes Leben lang gefürchtet hatte. Sein ganzer Körper war taub. Nur Leere. Aber er verspürte auch Erleichterung – wie ein Dieb, der nach Jahren auf der Flucht geschnappt wird. Bei dem Versuch, ihnen zu entkommen, das wurde ihm in diesem Augenblick klar, war er die ganze Zeit vor sich selbst davongelaufen. Noch immer hielt er den Altpapiereimer in der Hand. So stand er da in seinem Mantel. Regungslos. Die Zeit kroch. An seinem Oberschenkel spürte er den leichten Druck der Gaspistole in seiner Manteltasche. „Hallo, Mello!", sagte er ganz ruhig zu Oberst Wenz.
„Alles Bilbao?"
GoTo hatte jetzt den Gegner direkt vor sich, aber das war nicht mehr schlimm. Er dachte an einen Artikel, den er mal gelesen hatte: Menschen, die einen Flugzeugabsturz überleben, werden sofort wieder in ein Flugzeug gesteckt. Und mit der Angst ist es vorbei. Genauso kam er sich vor: Als würde ihn Mellos Besuch endgültig heilen.
„Hast du ein Bier?", fragte Mello.

GoTo ging in die Küche, hängte den Mantel dort über einen Stuhl und nahm ein Bier aus dem Kühlschrank. Oberst Wenz öffnete die Dose mit einem kurzen Knacken. Zischend kroch der Schaum aus der Öffnung. Er betrachtete den Rand von allen Seiten, bevor er die Dose langsam zum Mund führte.
GoTo fixierte seinen Besucher. Er schien sich kaum verändert zu haben. Nur ein paar weiße Haare entdeckte er, und ein paar Furchen mehr im Gesicht. Mello sah sogar richtig sympathisch aus. Er verstand es anscheinend immer noch, Menschen für sich einzunehmen.
Breitbeinig saß er im Sessel, eine dicke Aktentasche zu seinen Füßen. „Du hast dich Paulus Wenz genannt?", fragte er, lachte laut und schüttelte den Kopf. „Was für ein Name!"
„Schön, wenn er dir gefällt, Mello."
„Sehr angenehm, Herr Wenz", sagte der Oberst amüsiert und wischte sich den Bierschaum mit der flachen Hand vom Mund. „Ich fühle mich geschmeichelt. Eins muss ich dir lassen, meinen Namen anzunehmen war ein verdammt cleverer Schachzug."
GoTo nickte.
„Es war nicht leicht, dich zu finden, GoTo." Wenz blickte sich im Raum um. „Aber wir haben es schließlich doch geschafft."
„Wie?"
Wenz schnalzte mit der Zunge. „Wir haben unsere Methoden. Sag mal, kannst du mir ein Brot machen? Es war ein verdammt langer Tag. Ich sterbe vor Hunger." Freundlich sah er den Hacker an. „Wenn du mir sagst, wo ich das Brot finde, mache ich mir auch selber was. Späte,

ungebetene Gäste sollten einem nicht unnötig zur Last fallen, das weiß ich."
Sie betraten die Küche. GoTo stellte Brot, Käse und Butter auf den Tisch.
Mello zog seine Jacke aus und hängte sie über den Stuhl. Danach streifte er schweigend seine goldene Armbanduhr ab und legte sie zusammen mit seiner Schalldämpferpistole auf den Tisch.
„Schießt du dir jetzt die Löcher selbst in den Käse?", fragte GoTo.
Oberst Wenz lächelte mild. „Ich habe es einfach nur gern bequem, wenn ich esse." Er seufzte kurz.
„Mal sehen", murmelte er und wandte GoTo den Rücken zu, um den Kühlschrank näher zu inspizieren. „Ah, scharfer Senf. Sehr schön."
Wenz bestrich in aller Ruhe das Brot mit Butter, breitete zwei Käsescheiben übereinander, schmierte Senf darauf, fand sogar noch ein nicht mehr ganz taufrisches Salatblatt und schnitt sich Gurkenscheiben klein.
Draußen verstrich langsam die Nacht. Es war ganz still.
„Der Junge war's", stellte GoTo grimmig fest. „Stimmt's?"
Wenz hatte den Mund voll und zuckte mit den Schultern.
„Der Junge", wiederholte GoTo. „Er hat euch auf meine Spur gebracht, nicht wahr?"
Mello wischte sich die Tränen aus den Augenwinkeln. „Der Senf ist wirklich höllisch scharf. Genau das, was ich jetzt brauche. Soll ich dir auch ein Brot machen?"
GoTo ließ sich nicht beirren, weder von Mellos Ablenkungsversuchen noch von seiner Waffe. „Der Junge, sein Name ist Joe."
„Joe", meinte Wenz desinteressiert und widmete sich ge-

nüsslich seinem letzte Bissen Brot. Anschließend leckte er sich den Senf vom Daumen. „Das ist wahr."
„Seit wann arbeitet er für dich?"
„Er arbeitet nicht für uns."
„Sehr witzig. Früher wusste auch keiner, dass er eigentlich für dich arbeitete. Also, wann hast du ihn rekrutiert?"
Mello nahm noch einen Schluck Bier. „Du tust mir unrecht, GoTo. Diesen Joe kannte niemand von uns ..."
GoTo starrte auf die Pistole.
„Wir sind nur zufällig auf ihn gestoßen. Genau wie du. Sein Hilferuf in den Newsgroups. Der klang sehr speziell. Die Talentsuche hört niemals auf. Und es wachsen immer wieder neue Könner nach. Das ist das Schöne im Leben."
„Talentsuche? Dann ist Doktor Morris noch im Geschäft?"
„Höre ich da einen gewissen Vorwurf heraus? Also gut, ich gebe es zu. Morris und ich hatten nicht die geringste Ahnung, wo du eigentlich steckst. Jahrelang haben wir dich gesucht und nicht gefunden. Da haben wir aufgegeben."
„Und wozu gesucht?"
Mello schürzte die Lippen. „Wir wollten nur mal fragen, wie es dir geht ..." Er räusperte sich. „Es war wirklich Zufall. Ich las die Nachricht von diesem, äh, wie war noch sein Name, Joe? Also beschloss ich, ihn für unsere Unternehmungen zu gewinnen. Seit den Erfahrungen mit dir sehen wir uns allerdings die Kandidaten genauer an. Ich wollte ihn also nur beobachten. Und was soll ich dir sagen?" Er holte ein Päckchen Zigaretten aus seiner Brusttasche. „Stört's dich, wenn ..." Ohne eine Antwort abzuwarten, zündete sich Mello eine Zigarette an und blies den Rauch gegen die Küchenlampe. „Ich sehe mir also

den Wunderknaben näher an, folge ihm in dieses Imbiss-Lokal, um mir ein genaues Bild zu machen. Er sitzt da also und wartet. Und ich denke, es wäre jetzt an der Zeit, ihn anzusprechen, als ein ganz seltsamer Typ mit Wollmütze und Sonnenbrille hereinspaziert. Du!" Mello aschte ins Spülbecken und lachte. „Der große Zufall. Ich kann es immer noch nicht fassen!"
GoTo verzog keine Miene.
„Ich bin dir dann bei deinem kleinen Einkaufsbummel nachgelaufen. Einfach so. Bis hierher zu deiner Wohnung. Und jetzt sitzen wir wie in alten Zeiten zusammen und schwatzen." Er hielt inne. „Du hast es richtig zu was gebracht, nicht wahr? Das ist doch eine Eigentumswohnung, nicht?"
GoTo antwortete nicht.
„Na ja, du hast einen riesigen Plasmabildschirm, erstklassige Rechner ... Es scheint dir ja richtig gut zu gehen. Das freut mich, ehrlich. Wenigstens einer, der von dem Fiasko profitiert hat. Der Doktor ist immer noch ganz schön wütend auf dich."

* * *

Kurz nach Mitternacht schlich Julian auf sein Zimmer zurück. Eigentlich mussten alle Jugendlichen spätestens um sechs im Hause sein, aber Julian fand immer wieder Möglichkeiten, die festen Statuten des ehrenwerten Instituts zu umgehen.
„Hey, Alter!", rief er und schlug seinem Zimmergenossen kameradschaftlich auf die Schultern. Joe zuckte zusammen, nahm die Kopfhörer ab. „Mann, wieso erschreckst du mich so?"

„Oh? Wieder beste Laune, was?"
Joe wandte sich erneut seinem Rechner zu.
„Ich muss dir was erzählen ...", begann Julian und fummelte an seinem Handy herum. „Hey, ich rede mit dir. Interessiert dich das denn gar nicht?"
„Nicht jetzt", bat Joe. Der Kaffee hatte bei ihm für einen enormen Energieschub gesorgt, den er jetzt nicht mit Gequatsche vertrödeln wollte. „Julian, ich bin wirklich sehr beschäftigt."
„Komm schon", quengelte Julian. „Es ist sauwichtig ..."
Joes Stimme nahm einen schneidenden Tonfall an: „Ich sagte doch schon: Jetzt nicht."
Aber Julian blieb beharrlich. „By the way: Wo hast du denn gesteckt, Alter?"
„Hatte zu tun."
„Benno hat dich vermisst. Du warst nicht in Sport und in der Kapelle hast du auch nichts gemacht."
„Wer bist du? Meine Sekretärin?"
„Okay, ich hau mich jetzt ohnehin gleich in die Falle. Aber du musst mir einen Gefallen tun: Hast du morgen schon was vor?"
„Ja." Joe sah seinen Zimmergenossen eindringlich an. „Kann ich jetzt weitermachen?"
Julian ignorierte die Frage. „Echt? Du hörst dich ja an wie ein Tonband. Und was machst du?"
„Geht dich nichts an."
Julian schwieg eine Weile, bis ihm endlich ein Licht aufging.
„Jemand hat dir auf deine Anfrage in den Newsgroups geantwortet, nicht wahr?"
Joe schwieg.

„Stimmt's? Das ist doch total geil. Wer ist es? Was will er? Wie sieht die Lösung aus?“
Joe hackte ungerührt auf die Tasten.
„Mann, jetzt sei doch nicht so! Sonst werde ich auch noch so ein Miesmuffel wie du.“ Julian schnaufte genervt. „Rate mal, wo ich heute war …“
„In einer psychiatrischen Anstalt …“
„Sehr witzig.“
„Da wirst du landen, wenn du mir jetzt noch weiter auf den Senkel gehst.“
„Mann, hör doch mal zu! Ich war heute im *Computer Underground Club. Orderline* hat mir keine Ruhe gelassen.“
Joe horchte auf. Langsam drehte er sich um. Was hatte diese Nervensäge jetzt schon wieder angestellt?
„Und dort habe ich einen superspannenden Typen kennen gelernt, der heißt Mello. Wir sind sofort ins Gespräch gekommen.“
Joe ahnte, was jetzt kommen würde.
„Und dem habe ich von *Orderline* erzählt.“
„Du hast was?“
„Na ja“, räumte Julian ein. „Er schien brennend an *Orderline* interessiert zu sein. Vielleicht hat er ja eine Lösung …“
Joe sprang auf. Adrenalin und Koffein jagten durch seine Venen. „Spinnst du jetzt völlig?“, schrie er außer sich und spuckte dabei versehentlich aus.
„Wer spinnt denn hier?“, schrie Julian zurück.
Aber Joe bekam sich nicht mehr ein. „Du hast ja wohl vollkommen den Verstand verloren! Erzählst wildfremden Menschen von meiner Idee …“ Er hielt inne, ein schlimmer Verdacht stieg in ihm hoch. „Ich kann es nicht fassen! Du hast es schon wieder getan …“

Julian schwieg betreten.
„Wie kommst du nur dazu, immer meine Ideen, meine Arbeit als deine Einfälle zu verkaufen?"
„Du hast das Know-how, aber ich bin der perfekte Vermarkter. Wir ergänzen uns."
Joe sprang auf und begann, Julian herumzustoßen. Überrascht von dem Angriff, ließ der sein Handy fallen.
„Sag mal, Julian, hast du sie noch alle?", rief Joe.
Julian schluckte. „Ich verstehe überhaupt nicht, warum du dich aufregst, ich habe es doch nur gut gemeint. Und jetzt atme mal durch, Mann, sonst platzt noch dein roter Schädel, und am Ende fliegt hier überall deine Hirngrütze auf dem Boden herum! Der CUC ist in Ordnung. Da sind wir unter uns ... Dir wird schon nix geklaut ..."
„Woher willst du denn das wissen?", schrie Joe.
„Es gibt doch einen Ehrenkodex."
Joe schlug sich mit der Hand an die Stirn. „Ehrenkodex!", rief er wütend. „Das ist doch lächerlich."
„Willst du denn nicht einmal wissen, wer dieser Mello ist?"
Joe machte eine vernichtende Handbewegung. „Interessiert mich nicht die Bohne."
„Ich erzähl's dir trotzdem. Er arbeitet hier an der Universität. Großes Tier. Hat tausend Kontakte, sagt er. Sie suchen dauernd junge Talente, sagt er, denen sie ein Stipendium vermitteln." Er sah in das von kaltem Hass erfüllte Gesicht seines Zimmergenossen. „Du wirst doch wissen, was ein Stipendium ist?"
Joe grunzte verächtlich.
„Mensch, Joe! Wenn der dich für förderungswürdig hält, brauchen wir keine Minute länger in diesem beknackten

Haus zu bleiben. Mit der Schule ist es dann vorbei. Wir studieren und dann werden wir als Eliteabsolventen an bekannte Firmen weitervermittelt." Er strahlte über das ganze Gesicht. „Und wir werden Geld verdienen. Sehr viel Geld."
Der zweite Angriff kam zu schnell. Joe schubste Julian quer durchs Zimmer, der rückwärts über Schuhe und Taschen stolperte und dann zu Boden stürzte. Er hatte keine Chance. Also verkroch er sich in die Ecke zwischen Bett und Nachttisch und legte schützend die Hände vors Gesicht. Er spürte, wie er hochgerissen wurde. Joe hielt ihn am Pullover, Julian kniff die Augen zu. Er wollte den Schlag nicht kommen sehen. Je schneller er es hinter sich hatte, desto besser. Im nächsten Moment aber ließ ihn Joe wieder auf den Boden hinabgleiten. Julian riskierte einen Blick. Groß und wuchtig stand Joe vor ihm, die Arme schlaff herabhängend, den Mund weit offen. Er wies mit einer kraftlosen Kopfbewegung zu dem Poster über Julians Bett. „Der Typ da ..." Noch immer starrte er auf das Gesicht, das er kannte. Es schien hier nur viel jünger. „Das ist GoTo, stimmt's?"
Julian betrachtete das Poster seines Idols. „Blitzmerker, sein Name steht doch drunter."

* * *

GoTo griff ins Regal und reichte dem Oberst einen Aschenbecher. „Morris benutzt dich noch immer als seinen Boten, was, Mello?"
„Falsch. Wir sind Geschäftspartner, mit gleichen Rechten und Anteilen. Aber Morris ist mehr der Visionär, während ich ...", er deutete auf die Pistole, „mehr der Praktiker

bin. Jaja, du hast damals ganz schön für Aufruhr gesorgt."
„Morris wurde niemals zur Rechenschaft gezogen."
„Wer bist du? Robin Hood? Ein Münchner Staranwalt hat ihn da rausgepaukt. Er legte Revision ein. Schließlich wurde der Doktor zu drei Jahren Haftstrafe verurteilt, die aber auf Bewährung ausgesetzt wurden."
„Das heißt, er musste nicht einen einzigen Tag im Gefängnis verbringen. Du aber schon."
Mello drückte seine Zigarette aus. „Das war Teil des Geschäfts. Es geschah nichts, was Morris und ich nicht wollten. Und in all diesen Jahren, die Doktor Morris und ich mit Anwälten und Gerichtsverhandlungen zubrachten, wurdest du von anderen Hackern und von den Medien zum Helden stilisiert."
„Es wurde unnötig aufgebauscht", sagte GoTo ruhig.
Mello fuhr fort und streifte die Zigarette langsam am Rand des Aschenbechers entlang. „Du hast wirklich viel erreicht. Die *NND*-Typen wurden aufgrund deiner Aussagen ihrer Posten enthoben. Was aber nicht besonders schlimm war. Genauso wenig beklagenswert war das nächste Opfer."
„Der Innenminister", sagte GoTo.
„Genau, er trat zurück. Das war letztlich alles dein Werk. Genial, ehrlich. Ich hätte es nicht besser machen können. Morris und ich haben viel von dir gelernt."
„Danke", meinte GoTo kurz angebunden. „Nur keine falsche Bescheidenheit, es war wohl eher euer Werk."
„Dann bist du verschwunden ... Wieso eigentlich? Deine Firma lief doch sehr gut."
GoTo sagte nichts.

„Ich glaube, du hast Schiss bekommen."
„Darauf würde ich nicht wetten, Mello."
„So, und warum dann das Versteckspiel? Normalerweise würdest du jetzt eine erfolgreiche Firma führen, im Mittelpunkt stehen, Interviews geben. Aber das tust du nicht. Was hielt dich davon ab, weiter in der Firma zu arbeiten? Deine verdammte Angst. Du hast gekniffen, alter Freund." Mello erhob sich und räumte seinen Teller und das Essen weg, nahm noch zwei Bier aus dem Kühlschrank und warf GoTo eines zu.
„Versteh mich nicht falsch, ich verurteile dich deswegen nicht. Was ist in der Zwischenzeit passiert? Lagst du nur auf der faulen Haut? Das kann ich mir bei dir nicht vorstellen."
GoTo räusperte sich, Mello registrierte leichte Unsicherheit. „Ich habe geforscht", sagte GoTo schließlich.
„Und? Kam etwas Nennenswertes bei deinen ‚Forschungen' heraus?"
„Dies und das."
Mello kratzte sich am Kopf, als würde ihn die Haut jucken. Er sah GoTo tief in die Augen. „Während dieser Zeit hast du, wenn ich mich nicht irre, weiter an *BACK-UP* gearbeitet."
GoTo fiel aus allen Wolken. Wie konnte Mello davon gehört haben?
Der Oberst lachte laut auf. „Da staunst du, was? Erinnerst du dich nicht mehr? Das Projekt begann in deiner Firma. Vor allem deine Kollegen erzählten uns die fantastischsten Sachen darüber, als du weg warst. Sehr gesprächige Leute und sehr offen. Morris ist inzwischen Teilhaber. Nicht persönlich. Aber wir haben ja unsere Mittelsmänner."

GoTo schüttelte den Kopf. „Es hat sich nichts geändert."
„Doch, wir sind besser geworden. Viel besser."
„Was willst du?"
„Wozu die Eile? Hast du einen dringenden Termin?"
„Willst du mich erschießen?", fragte GoTo geradeheraus.
„Erschießen?" Mello tat erstaunt. „Das traust du mir zu? Dich erschießen?"
„Ich trau dir alles zu. Du stopfst dich immer voll, bevor du jemanden fertig machst. Alte Gewohnheiten wirst auch du so schnell nicht los, was?"
„Das ist aber nicht sehr nett von dir."
„Es ist auch nicht sehr nett, harmlose Jungs in Verbrechen zu verwickeln."
„Harmlose Jungs? Jetzt stellst du aber dein Licht unter den Scheffel."
Mello öffnete das zweite Bier, trank und schüttelte den Kopf. „Ich könnte dir nie etwas antun. Du bist für mich so etwas wie ein Bruder."
„Mach mal halblang. Bevor du mich mit sentimentalem Gesülze folterst, erschieß mich lieber gleich."
„Heute sind wir aber wieder einmal sehr direkt, was? Hör zu, in all den Jahren, in denen wir dich gesucht haben, wollten wir dir nie etwas tun. GoTo, du warst nicht nur da draußen ein Idol. Wir glauben an dich."
„Gequirlte Kacke, Mello."
„Wir würden gerne wieder mit dir zusammenarbeiten."
„Vergiss es."
„Aber nicht so wie damals. Du steigst einfach bei uns ein, als ebenbürtiger Partner. Mit Vertrag, Beteiligungen und allem Drum und Dran."
„Ich habe mich zur Ruhe gesetzt."

„Wir bieten dir Geld. Sehr viel Geld. Du musst nicht einmal vor Ort sein. Nur ab und zu eine Beratung. Und vor allem“, er hielt kurz inne, „wollen wir *BACK-UP,* die Endversion.“
GoTo lachte bitter.
„Warte doch erst mal ab und hör zu: Wir bieten dir eine komplette Firma mit Mitarbeitern, die nur das machen, was du sagst. Morris lässt dir total freie Hand. Ein Forschungslabor, ein Hubschrauber, sag, was du willst, wir werden es beschaffen ... Oder du überlässt uns bloß das Programm. Dann siehst du uns nie wieder. Morris will es unbedingt.“
„Ich habe *BACK-UP* aufgegeben.“
„Du verarschst mich!“ Mello grinste ungläubig. „Nein, du gibst nicht auf, das sieht dir nicht ähnlich.“
„Es ist aber so.“
„Das müsste ja nicht so bleiben.“
„Ich habe mich entschieden, Mello.“
„Klingt wie ein Nein.“
„Das ist ein Nein.“
„Deine endgültige Antwort?“
„Ja.“
Mello bohrte mit seinem kleinen Finger im Ohr. „Diese Antwort kann ich leider nicht akzeptieren. Morris wird ausrasten ...“
„Also musst du mich erschießen.“
Oberst Wenz öffnete seine Aktentasche. „Mann, werd doch nicht gleich so melodramatisch! Ich habe etwas Besseres.“
Er holte eine kleine Ampulle raus. „Das ist aus dem Speziallabor von Doktor Morris. Hat er selbst entwickelt.“

Mello nahm nun eine Spritze aus der Tasche, riss die Hülle auf und steckte die Ampulle darauf. Dann senkte er die Nadel in die obere Öffnung des Röhrchens und sog die Flüssigkeit hinein. „Das ist ein Wahrheitsserum. Danach wirst du uns *BACK-UP* schön brav aushändigen." Er lächelte. „Du kannst immer noch das Geld nehmen, *alter Freund.*"
„Und du hättest besser ein Taxi nach Hause nehmen sollen, *alter Freund.*"
Oberst Wenz sah GoTo mit der Waffe in der Hand. „Ist das 'ne Gaspistole?", fragte er, als wolle er das Ding kaufen.
Ohne zu überlegen, drückte GoTo ab. Er wusste, wie gefährlich der Typ war. Ein beißender Geruch breitete sich in der Küche aus.
„Verdammt!", schrie Mello und hielt seine Hände schützend vor die Augen. „Was hast du getan, du verfluchter Mistkerl? Was hast du getan?"

5

Die Zeit kroch. Joe konnte unmöglich bis Mittag auf seine Verabredung warten. Die Schule fiel heute aus, beschloss er lässig. Immer wieder starrte er auf das Plakat über Julians Bett und grinste. Rasch spielte er die verschiedenen Versionen auf Disketten, schnappte sich die Anschlusskabel mit den Chips und packte alles in eine Kuriertasche. Die ganze Nacht hatte er darüber nachgedacht, warum GoTo ihm einen falschen Namen genannt hatte. Vielleicht würde er sich heute zu erkennen geben. Sicher, er hätte Julian fragen können, aber der rückte ihm schon eine Spur zu sehr auf die Pelle. Also las er sich ein bisschen im Internet fest. Die Seiten der GoTo-Fans schienen den Hacker zu sehr zu glorifizieren, also überflog Joe ein paar Nachrichtenarchive und erfuhr aus verschiedenen Bruchstücken, dass GoTo seit geraumer Zeit sehr zurückgezogen lebte. Niemand wusste, wo. Seine Anhänger vermuteten ihn in Japan, den USA oder auf der Insel Tristan da Cunha.

Und in Wahrheit lebte GoTo mitten in Berlin! Joe musste grinsen. Joe fühlte sich auserwählt, geschmeichelt. Als ob ein bekannter Popstar und Schauspieler seine Freundschaft suchte. Am liebsten hätte er der ganzen Welt davon erzählt, aber er kannte nur Julian. Und Benno, seinen Lehrer. Besser, er behielt seine Entdeckung erst einmal für sich.

In seiner Kuriertasche hatte er gleich drei Versionen von *Orderline* auf Zip-Diskette. Denn in ihrer realen Größe hätten sie niemals auf eine normale Disk gepasst. Er rieb sich die Augen. Drei Stunden Schlaf waren nicht gerade viel. Dann schnappte er sich den Käfig mit den Mäusen und machte sich auf den Weg. Schließlich wollte er GoTo die bisherigen Möglichkeiten seines Programms am lebenden Objekt demonstrieren!

In der U-Bahn starrten einige Fahrgäste neugierig in den Käfig. Joe kramte den Zettel mit der Adresse hervor und blickte noch einmal darauf.

Als er aus der U-Bahn stieg, suchte er auf dem Umgebungsplan der Station den direkten Weg zur Wohnung von Paulus Wenz.

Da er nicht wusste, ob er nach rechts oder links laufen sollte, sah er sich nachdenklich um. Doch er bemerkte seinen Verfolger nicht. Julian hatte sich in letzter Sekunde hinter einer Säule versteckt.

Als er bei GoTos Haus angelangt war, suchte Joe den richtigen Seitenflügel im Hof und stieg die knarzenden Treppen hinauf. Es roch nach einer Mischung aus Waschmittel und einem vor sich hinschmorenden Braten.

Die Tür zur Wohnung des Hackers war angelehnt. Durch den Spalt konnte Joe eine Glastür erspähen. Er läutete. Doch niemand kam. Er dachte nach. Vielleicht brachte GoTo gerade den Müll runter. Aber im Hof war er ihm nicht begegnet. Vielleicht war es doch die falsche Tür. Aber auf dem Schild stand „P. Wenz“. Schließlich klopfte Joe, und als er wieder keine Antwort erhielt, betrat er die Wohnung. „Hallo?!“, rief er.

Es roch. Nach Farbe, nach Chemie. Er warf einen Blick in die leere Küche und das leere Schlafzimmer. Das Arbeitszimmer sah wie ein Trümmerfeld aus. Umgestürzte Regale. Überall Bücher und Papiere. Vor dem Fenster lagen

zerfetzte Blumen in einer Wasserlache. Der Schreibtisch schien zusammengebrochen zu sein; Joe entdeckte einen zerbrochenen Riesenbildschirm. Er sah drei Rechner, deren Lichter noch blinkten. Es handelte sich nicht um Kisten wie bei ihm zu Hause, sondern um Profisets, sie waren in einen silbernen Metallkasten integriert, der Griffe hatte. Der Teppichboden war mehrfach umgeschlagen, die Lampe hing halb abgerissen an der Decke.
Joe stellte seinen Käfig ab, zog seine Umhängetasche aus und betrat das Chaos. Computerkarten, Disketten und Kabel säumten seinen Weg. Was zum Teufel war hier passiert? Zweifellos hatte hier ein Kampf stattgefunden. Als er auf ein Stück zusammengerollten Teppich trat, zerbarst etwas. Vorsichtig entrollte er ihn mit dem Fuß, bückte sich – und fand eine zerbrochene Spritze.
Und dann erschrak Joe fürchterlich: Der Hacker lag auf seiner roten Liege, mit aufgeplatzten Lippen, einem Veilchen und einem dunklen Bluterguss am Kinn.
„Hallo, Paulus ...", sagte Joe unsicher und näherte sich der Liege.
GoTos Augen waren glasig, sein Blick schien starr. Feiner Schaum trat aus seinen Augenwinkeln und ein milchiger, blasiger Brei umsäumte seinen Mund. Joes Herz raste. Wer hatte GoTo nur so zugerichtet?
„Halte durch, Paulus", sagte er. „Ich rufe einen Krankenwagen."
Er suchte das Telefon, wählte den Notruf und bekam kaum einen Ton heraus. „Hallo? Schnell! Sie müssen kommen. Ein Notfall." Er sagte die Adresse durch. Dann alarmierte er auch die Polizei. Schließlich kehrte er zu GoTo zurück. Da musste er erkennen, dass die Augen des

Hackers sich nicht bewegten und er nicht zu atmen schien. Er wirkte nur deshalb lebendig, weil immer noch schleimige Flüssigkeit aus seinem leicht geöffneten Mund tropfte.
Zitternd berührte Joe GoTos Hand. Sie war kalt. Am liebsten hätte sich Joe an Ort und Stelle übergeben. Stattdessen starrte er den Hacker an. Er hatte noch nie einen Toten gesehen und schon gar keinen angefasst. Joe wusste nicht, was er tun sollte. Am Zeigefinger von GoTos rechter Hand klebte Erbrochenes.
Er lief um die Liege herum und machte auf dem Boden eine kleine Pfütze mit Erbrochenem aus. Als Joe in die Knie ging, entdeckte er darin kleine Kurven, als wäre GoTo mit seinem Finger darin herumgefahren. Erst als er einen Schritt zurücktrat, konnte er die Botschaft lesen. GoTo hatte drei Buchstaben in den Brei auf dem Boden gekritzelt. Und obwohl das „E" nicht sehr deutlich war, las er seinen Namen: JOE.
Was hatte das zu bedeuten? Gab GoTo etwa ihm die Schuld an seinem Tod? Er näherte sich der Schrift und bückte sich, um sie besser betrachten zu können. Unter der Liege bemerkte er ein Notebook, das er von der anderen Seite wegen des Durcheinanders nicht hatte sehen können. Das versprochene Notebook! Nun glaubte er, die Botschaft zu verstehen, und schleppte das Ding zu seiner Kuriertasche.
Eine Weile stand er so reglos mit seiner Tasche in der Hand da. Dann begann sein Gehirn zu arbeiten. Was würde die Polizei sagen, wenn sie ihn durchsuchen würde? Am Ende hielten sie ihn wegen des Computers für einen Dieb. Oder schlimmer noch: Was würde die

Polizei wohl daraus schließen, wenn sie die Leiche eines übel zugerichteten Hackers fand, der offenbar noch mit letzter Kraft den Namen seines Mörders auf dem Boden festgehalten hatte?
In Panik rannte Joe mit seiner Tasche zur Tür hinaus. Im Treppenhaus hörte er Schritte. Vorsichtig spähte er hinunter: Julian! Wo kam der denn auf einmal her? Schließlich dämmerte es Joe, dass er ihn selbst auf GoTos Spur gebracht hatte.
Joe kehrte auf der Stelle um und betrat erneut die Wohnung. Mittlerweile hörte er in der Ferne die Sirenen von Polizei und Krankenwagen. Was sollte er jetzt tun? Er floh in die Küche. Wie in den meisten Berliner Wohnungen gab es dort einen kleinen Dienstbotenausgang. Er sperrte die Tür auf und sprang die enge, winklige Holztreppe hinunter. Dabei übersah er ein paar Stufen und stürzte bis zum Absatz. Sofort schmerzte sein Knie.
Durch die Glastür im Hof sah er den Notarzt und zwei Polizisten. Rasch stieg er die restlichen Treppen bis zum Keller hinunter. Im schwachen Licht der Notlampe erkannte er einen Flur. Offensichtlich schienen mehrere Häuser über die Keller miteinander verbunden zu sein. Joe rannte mit seinem schmerzenden Bein, so schnell er konnte. Nach einer Weile musste er verschnaufen. Die erstbeste Treppe führte ihn zu einer Tür, die allerdings abgeschlossen war. Erst nach zwei weiteren Versuchen erreichte er einen Hinterhof. Mit dem Notebook in der Tasche lief er, so schnell er konnte, in Richtung U-Bahn. Unterwegs kamen ihm mehrere Streifenwagen entgegen. Schließlich stieg Joe wohlbehalten die Stufen zur Untergrundbahn hinunter. Als er in die nächstbeste U-

Bahn stieg, fiel ihm etwas ein: Seine Mäuse! Sie standen noch in GoTos Wohnung.

* * *

Der Fotograf wechselte mehrfach die Position, um die Leiche aus verschiedenen Winkeln zu fotografieren. Er hatte sich weiße Schutzhandschuhe übergestreift und trug einen Schlapphut. An seinem Hals hing eine Plakette, die ihn als Polizeibeamten auswies. Immer wieder wechselte er das Objektiv.

„Wo steckt denn Willi?", fragte ihn der Gerichtsmediziner.

Der Fotograf stutzte. „Er ist krank, ich vertrete ihn."

„Kein schöner Anblick, was?", fragte der Arzt und deutete auf die Leiche. Der Fotograf nickte stumm.

„Wenn Sie fertig sind", fuhr der Arzt fort, „würde ich ihn mir gerne näher ansehen."

Der Fotograf rückte zur Seite und sah sich um. Mehrere Beamte trugen mit Pinseln feinen Staub auf, um in dem Durcheinander Fingerabdrücke von verschiedenen Gegenständen abzunehmen. Rasch knipste er die Polizisten ohne Blitz. Dann ging er in die Knie und hielt das Objekt direkt auf einen Jungen, der bleich in der Ecke saß. Doch plötzlich wurde die Sicht völlig unscharf und dann dunkel. Nanu? Batterie leer?! Der Fotograf setzte die Kamera ab und sah nur einen Mantel. Direkt vor ihm stand eine Frau, die ihn mürrisch betrachtete.

„Was machsten hier, du Schabe?", fragte sie.

„Fotos. Ich bin die Vertretung vom Willi."

„Soso ... Was steht denn da auf deinem Ausweis?" Sie nahm das Ding nur den Bruchteil einer Sekunde in Augen-

schein. Der Fotograf rannte sofort los, aber da hatte sie ihm schon blitzschnell die Kamera entrissen.
„Na, wohin denn so eilig?", fragte sie. Der Fotograf blieb unsicher auf dem Flur stehen. Inzwischen versperrte ihm ein junger, sportlicher Typ den Weg.
„Was denn jetzt, Schabe, willste wegrennen oder die Kamera wiederhaben?"
Der Fotograf schluckte. Er räusperte sich. „Kamera wiederhaben", murmelte er.
„Von welchem Drecksblatt bist du denn?"
„Berliner Nachrichten."
„Netter Versuch. Wie heißt du?"
„Krössel, Jürgen."
„Angenehm, Paula Bredow. Kommissarin. Und der hinter dir heißt Martin Lokau." Mit geübtem Griff öffnete sie das Gerät und entnahm ihm die Kapsel. Dann zog sie ganz langsam den Film heraus, bis er vollkommen belichtet und nicht mehr zu gebrauchen war. „Und jetzt mach noch die Taschen leer, Dicker."
Krössel nahm alle Filme aus seiner Umhängetasche.
„Sind das alle?"
Er nickte.
„Zeig mir mal deine Hosen- und Jackentaschen."
Krössel brachte vier weitere Filme zum Vorschein.
„Das sind jetzt wirklich alle. Kann ich jetzt meine Kamera wiederhaben?"
„Sicher." Die Kommissarin hielt sie aber weiter fest. „Wenn ich noch einmal so eine linke Nummer mitbekomme, Schabe, bist du dran. Dann kannst du die Kakerlaken im Knast knipsen. Ist das klar?"
„Sonnenklar." Krössel griff sich seine Kamera.

„Und jetzt mach 'nen Abgang!"
Krössel trabte los und stolperte, fing sich aber wieder und sah Lokau böse an, der ihm das Bein gestellt hatte und ihm nun hämisch zum Abschied winkte.
„Schabe?", sagte Lokau fragend.
„Du weißt schon, diese Küchenschaben, die überall herumkriechen und einem den Tag verderben." Sie winkte ab und strich sich das blonde Haar glatt. Wie immer war sie sehr stark geschminkt, stellte Lokau fest, als ob so niemand sehen könnte, wie sehr sie ihres Berufes müde war.
„Erzähl mir was, Martin", sagte die Kommissarin.
„Viel wissen wir nicht", sagte Lokau und warf sich ein Pfefferminzkaugummi in den Mund.
„Wer ist der Tote?"
„Paulus Wenz." Er machte eine Kopfbewegung zur Tür. „Steht jedenfalls am Eingang."
„Wie ist es passiert?"
„Keine Ahnung. Gab wohl eine hübsche Keilerei. Wenz hat ganz schön was abgekriegt. Wir haben eine Gaspistole gefunden."
Genervt sah sie ihn an. Es dauerte eine Weile, bis er verstand. Sofort spuckte er das Kaugummi in seine Hand. Paula konnte es nicht ausstehen, wenn er wie eine Kuh mit offenem Maul rumkaute. Zufrieden schritt die Kommissarin auf den Käfig mit den Mäusen zu. „Wo kommen die denn her?"
„Die standen schon hier, als wir kamen. Haben vermutlich dem Toten gehört."
„Und warum stehen sie dann im Flur, Schlaumeier?"
„Vielleicht wollte er damit seine Schlange füttern, oder was weiß ich."

„Gibt es hier ein Terrarium?“
Lokau seufzte. „Nein, war nur so eine Idee. Aber der Typ hier besaß 'ne hochkomplizierte Computeranlage. So ein Zeug haben wir bei uns noch nicht mal in hundert Jahren.“
„Erinnere mich nicht an unsere Schrottrechner, da bekomme ich Depressionen. Wer hat die Leiche gefunden?“
„Es gab einen Notruf von einem Jungen, also kamen die Feuerwehr und der Notarzt angerückt.“ Lokau verzog das Gesicht. „Der ist ganz schön mitgenommen. Heißt Julian.“
„Dann hat er wohl angerufen?“
„Ich nehme es an.“
Die Kommissarin verdrehte die Augen. „Bist du jetzt Polizist oder hast du heute deinen freien Tag?“
Sie liefen zu dem Jungen in die Küche.
„Hallo, Julian.“
Der Junge spielte mit seinem Handy und sah nicht auf.
„Kannst du uns erzählen, was passiert ist?“
„Ich habe ihn entdeckt“, sagte er leise.
„Kennst du den Toten?“
„Ja, das heißt nein. Nicht wirklich.“
Der Junge wirkt in der Tat ganz schön fertig, dachte sie.
„Dann hast also du die Polizei angerufen.“
„Nein.“
Sie wandte sich an Martin. „Du hast doch gesagt, dass ein Junge angerufen hat.“
Lokau zuckte die Schultern. „So ist es auch.“
„Aber ich war's nicht“, meinte Julian. „Vielleicht war's Joe.“
„Joe?“, fragte die Kommissarin.

Der Gerichtsmediziner erschien in der Tür. „Kann ich sie mal sprechen, Frau Kommissarin?"
„Sicher." Sie wandte sich an Julian. „Ich bin gleich wieder da." Gemeinsam schritten sie zu der roten Liege. Die Kommissarin hatte schon viele Tote in ihrem Leben gesehen, aber das machte die Sache nicht einfacher. Sie starrte in GoTos glasige Augen und versuchte, sich von deren Leere nicht deprimieren zu lassen.
„Ist er an seinem Erbrochenen erstickt?"
„Ich vermute es, aber Genaues kann ich nicht sagen. Ich habe kleine Einstiche gefunden."
„Drogen und Überdosis?", vermutete die Kommissarin. „Die alte Geschichte?"
„Ich muss erst den Laborbericht abwarten, aber ich glaube nicht, dass es Drogen waren. Ich habe diese beiden Dinge gefunden."
Er hielt zwei Plastiktüten hoch.
„Eine zerbrochene Spritze. Also doch Heroin ..."
„Heute Nachmittag weiß ich mehr. Aber dieses Gerät ist interessanter. Damit spritzte sich der Mann Insulin."
„Insulin?"
„Ja, er war offensichtlich zuckerkrank. Lokau hat auch hier in der Wohnung verschiedene Merkhefte für Diabetiker gefunden."
„Also ein Unfall?"
„Nein, an einer Überdosis Insulin stirbt niemand."
„Was dann?"
„Ich tippe auf Mord." Der Arzt streifte sich die Plastikhandschuhe herunter. „Sehen Sie mal hier." Er deutete auf die Pfütze mit Erbrochenem. „Er hat mit letzter Kraft etwas geschrieben."

Die Kommissarin setzte ihre Brille auf und las.
„Schon wieder Joe? Wer zum Henker ist dieser Joe?"

* * *

Nichts ging über den Duft einer Trinidad. Die Zigarre maß gute fünfundzwanzig Zentimeter und lag angenehm schmal in der Hand. Morris schnüffelte noch einmal direkt an ihrer Oberfläche, rollte sie prüfend zwischen seinen langen Fingern und seufzte. Nun schnitt der Doktor das hintere Ende ab und zündete ein viel zu großes Sandelholzstück an, das sofort Flammen schlug. Einen Augenblick lang genoss er das süßliche Aroma des Stäbchens, dann zündete er die Zigarre damit an. Er zog ruhig und kraftvoll, dann blies er Wolkenkaskaden aus kühlem Rauch in die Luft. Der herbe Geschmack nach Tabak breitete sich nur langsam in seinem Mund aus.
Ein perfekter Abend, stellte er fest. Und es würde, da war er sich ganz sicher, noch eine Menge perfekter Abende und Tage geben. Die Umsetzung seines Planes ging zügig voran. Jedenfalls seit sie GoTo gefunden hatten. Mit seiner Hilfe sparten sie nicht nur eine Menge Zeit, sondern griffen auch auf den talentiertesten Hacker zurück, den sie je rekrutiert hatten. Sicher, Doktor Morris' linkes Auge zuckte kurz, die Vorfälle in der Vergangenheit hatten ihn geschmerzt. Aber ein Mann wie er, der durch alle Prüfungen des Lebens mit Auszeichnung gegangen war, ein Mann mit politischer Weitsicht und visionären Ideen konnte sich eine beachtliche Großzügigkeit leisten, die es ihm ermöglichte, dem verwirrten Jungen von damals zu verzeihen. Nun ja, und wenn erst einmal alle Ziele erreicht waren, konnte er sich ja immer noch über-

legen, welch plötzliches Ende GoTos Karriere nehmen würde.
Ein heftiger Schnäuzer unterbrach seine Überlegungen. Er zog noch einmal kräftig an seiner Zigarre und widmete sich wieder dem Mann im Sessel gegenüber, der gerade herzhaft in ein Taschentuch trompetete und noch immer beharrlich schwieg. Aus seinen Augenwinkeln und seiner Nase lief Flüssigkeit. Erneut schnäuzte er sich.
„Sie haben sich erkältet", sagte Morris tadelnd.
Oberst Wenz gab keine Antwort.
„Nun?", fragte der Doktor und zog die Augenbrauen hoch. „Haben wir alles?"
„Nicht ganz", erklärte Oberst Wenz und wischte sich die Tränen aus den Augen. Er fühlte sich nicht gut, war aschfahl und müde. „Es ist etwas dazwischengekommen."
„Dazwischengekommen?", wiederholte Morris gedehnt und ließ seine Zigarre nicht aus den Augen.
„Etwas Unvorhersehbares, Doktor." Wieder benutzte Wenz sein Taschentuch. „Ich kann nichts für das Nasenlaufen." Er hielt das prächtig gefüllte Tuch hoch. „Das ist wegen dem Tränengas."
„Tränengas?", fragte Morris überrascht. „Was für Tränengas?"
Erst jetzt nahm Morris den verwahrlosten Zustand seines Mitarbeiters wahr.
Oberst Wenz sah furchtbar aus. Der Anzug war versaut, das verfleckte und eingerissene Hemd hing halb aus der Hose und ein geschwollenes Auge entstellte ihn – von den restlichen Schürfwunden im Gesicht und an den Händen ganz abgesehen. Wenz biss sich auf die Lippen und schwieg.

„Reden Sie schon, Mann! Reden Sie!“, platzte der Doktor heraus. „Haben Sie mit GoTo gesprochen?“
„Ich habe ihm gestern einen Besuch abgestattet, wie wir ausgemacht hatten.“
„Und? Wie reagierte er? Hat er angebissen? War das Angebot hoch genug? Reden Sie!“
„Er schoss mit einer Gaspistole auf mich.“
Morris' Unterkiefer klappte kurz herunter. „Er ... er hat Sie angegriffen, sagen Sie?“
Wenz nickte langsam, jede Bewegung schmerzte in seinem Kopf.
„Was ist passiert, Mann?“
„Was passiert ist? Sind Sie schon mal von einer Gaspistole direkt in die Fresse getroffen worden? Ich kann Ihnen sagen, ein Vergnügen ist das nicht.“
„Oberst Wenz, wollen Sie sich mit mir über Kriegsleiden austauschen?“
„Das Gas hat mich außer Gefecht gesetzt. GoTo versuchte, mich zu fesseln. Da habe ich blind um mich geschlagen.“
Morris fuhr nervös zusammen: „Aber Sie konnten ihn doch hoffentlich noch überzeugen!“
„Ich habe ihn zunächst überwältigt.“ Oberst Wenz kratzte sich nervös am Kopf. „Dann habe ich ihm das Serum verabreicht. Ihr Serum, Doktor. Und daran ist er gestorben.“
„Er ist *was*?“ Morris stutzte.
„Tot.“
„Unmöglich“, polterte Morris. „Das Serum bringt niemanden um.“
„Es war das Serum. Und sonst nichts.“
Wenz fuhr schniefend fort: „GoTo wurde von fürchterli-

chen Krämpfen geschüttelt. Es dauerte fast ein halbe Stunde. Ich konnte nichts für ihn tun."

„Sie Idiot!", schrie Morris außer sich. „Sie Vollidiot. Wissen Sie, was Sie damit angerichtet haben? Können Sie das überhaupt ermessen?" Morris spuckte vor Wut: „Sie nichts ahnender, blöder Totschläger! Sie haben alles falsch gemacht. Alles, verstehen Sie. Alles, alles, alles!"

„Nein, Doktor", versicherte Wenz ganz ruhig. „Ich habe die Mischung genau nach Ihren Angaben zusammengesetzt, aber er vertrug das Serum nicht ..."

Morris' Stimme überschlug sich: „Ha! Das ist ja wohl der größte Blödsinn, den ich je gehört habe, Oberst. Die Spritze ist, wie ich schon betonte, absolut harmlos. Nur ein Wahrheitsmittel, sonst nichts. Tausendmal erfolgreich eingesetzt, und niemals ist dabei irgendetwas – wie haben Sie das ausgedrückt – ‚Unvorhersehbares' passiert."

„Diesmal schon, Doktor", meinte Wenz mit einer Schnoddrigkeit, die Morris nicht leiden konnte.

Noch war nicht alles verloren. „Hat er Ihnen noch etwas sagen können?"

„Nein, Doktor. Nur gegen Ende erlangte er noch einmal kurz das Bewusstsein, schien aber außerstande zu sprechen."

„Sie haben doch seine Sachen sicherstellen können?"

Wenz reagierte nicht sofort. „Was meinen Sie mit ‚Sachen'?"

„Was werde ich wohl meinen?", brüllte Morris mit hochrotem Kopf. „Ich schicke Sie los, den besten Mann zu holen, den wir je hatten, und Sie haben nichts Besseres zu tun, als ihm das Lebenslicht auszublasen. Aber, lieber Oberst, Sie werden doch wenigstens *BACK-UP* mitge-

bracht haben, oder?“ Seine Stimme schien ihr maximales Volumen erreicht zu haben und wurde jetzt wieder leiser. „So blöd werden Sie doch nicht sein, Oberst, ohne irgendetwas Handfestes herzukommen. Habe ich Recht?“
Wenz schwieg.
„Habe ich Recht oder Unrecht?“, schrie der Doktor.
Wenz schnäuzte sich in aller Gemütsruhe. „Wenn Sie dabei gewesen wären, Doktor, wüssten Sie, dass es keine Freude war, GoTo abkratzen zu sehen. Ich habe ihn gemocht. Und ich weiß, dass Sie ihn auch mochten.“
Oberst Wenz stand auf und stopfte sich das Hemd in die Hose. „Und jetzt erzähle ich Ihnen von unserem zweiten Problem.“
Morris mahlte stumm mit den Zähnen. „Was kann denn nach dieser Katastrophe noch kommen?“, fragte er ungläubig.
„Das zweite Problem“, fuhr Wenz ungerührt fort, „ist *BACK-UP.*“
„Es kann ja wohl nicht so schwer sein, so ein Programm zu kopieren.“
„Normalerweise nicht. Aber bitte, vergessen Sie nicht, dass wir es hier mit einem äußerst begabten Schüler zu tun hatten, beziehungsweise haben. GoTo hatte genau zwei Rechner in seiner Wohnung. Als ich den ersten hochfuhr, war es schon geschehen: Die Festplatte löschte sich von selbst; ich konnte nichts dagegen unternehmen.“
„Das wird ja immer schrecklicher“, krähte Doktor Morris. „Unser junger Freund hatte seinen Computer mit tausend Passwörtern geschützt. Ich bezweifle, dass er sie selbst noch alle auswendig konnte.“
„Kommen Sie zur Sache, Oberst.“

„Der Computer ist verschlüsselt. Beim Rauffahren des Rechners will er gar kein Passwort wissen. Aber dann ist es zu spät: Wer nicht weiß, wann er wo welches Passwort eingeben soll, wird als unberechtigter Nutzer identifiziert."

„Was ist mit dem zweiten Rechner?"

„Ich habe ihn erst gar nicht eingeschaltet. Wenn *BACK-UP* noch irgendwie drauf ist, werden wir es finden."

Morris riss die Arme hoch: „Wie denn, um Himmels willen?"

Wenz griff in die Innentasche seiner Jacke und nahm einen kleinen Kasten heraus, den er Morris triumphierend in die Hand drückte.

„Was ist das?"

Wenz grinste. „Eine Festplatte. Habe ich selbst ausgebaut."

Doktor Morris wog das Teil in seiner Hand. „Die Platte vom zweiten Rechner …"

„Genau."

„Und wer sagt Ihnen, dass die sich nicht auch löscht, sobald Sie sie hochfahren?"

„Ganz einfach, weil ich sie nicht hochfahren werde."

„Ich fürchte, ich kann Ihnen nicht folgen, Mann."

Wenz sagte mit einem Grinsen: „Ich schätze, den Fall überlassen wir unserem jungen, talentierten Team."

Morris beruhigte sich schlagartig. Mit grimmiger Miene griff er nach der erloschenen Zigarre und zündete sie ohne großes Brimborium direkt mit dem Feuerzeug an. Sofort breitete sich um ihn herum ein dicke Rauchwolke aus. „Sie meinen?", fragte Morris.

„Richtig, Doktor, wir bringen dieses kleine Schatzkästchen in den *Computer Underground Club*. Sagen wir doch einfach, dass es sich um eine Übung für die Workshopgruppen handelt. Einer wird es schon schaffen. Ich denke an zwei nicht untalentierte Typen, die mir dort begegnet sind."

Morris grinste. Die Bauernschläue seines Mitarbeiters nötigte ihm einigen Respekt ab. „Ich verstehe. Und wenn sie es nicht schaffen?"

„Plan B."

„Und was soll das sein, Oberst?"

„Als ich mit GoTo sprach, dachte er, der kleine Bengel aus dem Burger-Restaurant habe ihn verpfiffen."

Morris paffte weiter.

Wenz fuhr fort: „Ihm lag so viel an dem Jungen. Ich glaube, er hieß Joe."

„Und was hat es mit dem Knaben auf sich?"

„Nun, Doktor, es wäre durchaus denkbar, dass der Kleine von GoTo in *BACK-UP* eingeweiht wurde. Er ist praktisch der Backup vom *BACK-UP."* Er grinste.

„Gut, Oberst. Möglicherweise kennt er sogar den Code und war an dem Projekt nicht unerheblich beteiligt. Unser Zeitplan erlaubt keine weitere Verzögerungen. Finden Sie den Jungen!"

„Verstanden, Doktor."

Wenz kramte in seiner Tasche herum und fahndete nach dem Zigarettenpäckchen. Noch immer tränten seine Augen. Er nestelte eine Zigarette aus der Packung und steckte sie sich in den Mund.

„Was tun Sie da?", fragte Morris barsch.

„Eine Zigarette anzünden ..."

„Bei diesem Qualm? Unmöglich", erwiderte der Doktor.

6

In seiner Verzweiflung lief er direkt auf das Internat zu. Er hatte fürchterliche Angst und wusste nicht, wohin er sonst gehen sollte. Die schwere Tasche zerrte an seiner Schulter. Auch wenn Joe das Internat nie sonderlich gemocht hatte, war es doch sein einziges Zuhause. Und eins war ihm klar: In keinem Heim hatte er es besser gehabt. Die anderen Stationen seiner Kindheit und Jugend waren Anstalten für schwer erziehbare Jugendliche, Ausreißer und Kleinkriminelle gewesen.

Mit wem sollte er reden? Noch immer sah er den toten Hacker vor sich. Mit Julian? Dem konnte er nicht trauen. Obwohl sie sich doch eigentlich recht gut verstanden. Aber immer wieder gab Julian mit Joes Entdeckungen an, als wären es seine eigenen. Und was hatte Julian heute Morgen bei GoTo gewollt? Es gab keinen Zweifel, sein Zimmergenosse war ihm gefolgt. Voller Wut kickte Joe einen Stein weg, der gegen eine Mauer prallte und dann direkt vor seinen Füßen landete. „Na toll!"

Aber weshalb lief Julian ihm nach? Und würde er jetzt zu seinem Kumpel halten, wenn alle Welt einen Mörder in ihm sah? Seufzend nahm Joe seinen Weg wieder auf.

Und auch sonst gab es keinen Ansprechpartner. Das heißt … Moment. Warum redete er nicht mit Benno Kleinschmidt, seinem Lehrer? Der hatte doch bisher immer zu ihm gestanden.

Als Joe den Campus erreichte, schlich er direkt zur Kapelle, denn er wollte nicht gesehen werden. Nur zwei Leute hatten dort Zutritt. Benno und er.

Er zog den langen Schlüssel aus der Umhängetasche und steckte ihn ins Schloss. Dann betrat er die Kapelle. Der kreisförmige Raum erschien ihm sehr hell. Hier war er sicher. Schüler verirrten sich in ihrer Freizeit ohnehin nicht her, denn Religion war uncool.
Joe setzte sich in die erste Reihe der Kapelle und dachte nach. Dann aber machte sich eine große Leere in seinem Kopf breit. Die halbe Nacht hatte er an seinem Programm gearbeitet, jetzt erst spürte er seine Erschöpfung. Im Nu war er eingeschlafen.
Als er wieder zu sich kam, schrak er zusammen. Er hätte nicht sagen können, ob zehn Minuten oder zehn Stunden vergangen waren. Er lag quer auf der harten Bank. Mit der Hand fuhr er sich über den Mund. Durst. Mühsam erhob er sich und betrat die Hinterzimmer der Kapelle. Hier zog sich Benno Kleinschmidt für seine Predigten um. Hier gab es ein Büro und eine kleine Küche, aus deren Kühlschrank sich Joe nun ein Mineralwasser nahm und fast auf einen Zug austrank. Da hörte er Schritte. Vorsichtshalber versteckte er sich hinter der Tür. Als er Benno erkannte, war er erleichtert. „Hallo, Joe, hast du dich auch mal wieder hierher verirrt …"
Ohne ihn anzusehen, öffnete der Lehrer den Schrank und holte Besen, Kehrschaufel, Schrubber und Eimer heraus. „Ich hatte mir schon langsam Sorgen gemacht, was unsere kleine gemeinsame Abmachung betrifft." Kleinschmidt ließ Wasser in den Eimer laufen, goss Putzmittel hinein und warf noch den Lappen dazu. „Du kannst mir gleich beim Wischen helfen …" Grinsend blickte der Lehrer zum ihm herüber. „Was ist? Du siehst so erschrocken aus."

Joe bekam keinen Ton heraus.
„Bist du krank?“ Er nahm Joes Arm. „Komm mal mit an den Tisch und setz dich. Du bist ja ganz bleich.“ Sie nahmen Platz und Joe begann zu erzählen. Ganz langsam. Von der ersten Begegnung mit dem Hacker bis zu seinem Tod.
Benno Kleinschmidt fuhr sich nervös durchs Haar. „Das ist ja furchtbar!“
„Alle werden mich für einen Mörder halten.“
„Unsinn, Joe. Lass uns einmal in Ruhe darüber nachdenken. Es wäre auf jeden Fall besser, wenn du dich der Polizei stellst. Ein Freund von mir ist ein sehr guter Anwalt.“
„Das geht nicht. Die werden mich bis zum Sanktnimmerleinstag einbuchten.“
„Unsinn. Du kommst höchstens in Untersuchungshaft, nicht ins Gefängnis. Dann holt dich mein Freund raus. Er wird deine Unschuld beweisen.“
Joe schüttelte energisch den Kopf.
„Joe, wir müssen uns überlegen, was vernünftig ist. Du kannst doch nicht dein Leben lang weglaufen, Junge. Es ist besser, wenn du das gleich klärst.“
„Aber es sieht doch alles so aus, als wäre ich es gewesen“, rief Joe. „Überlegen Sie doch mal: Meine Mäuse sind noch dort und GoTo hat meinen Namen geschrieben. Welchen Reim würden Sie sich darauf machen ...“
Kleinschmidt senkte den Kopf. „Aber wenn du unschuldig bist, wird sich das herausstellen ...“
„Das hört sich ja an, als würden nicht einmal Sie mir glauben!“
Der Lehrer legte beschwichtigend seinen Arm auf Joes

Schulter. „Natürlich glaube ich dir. Du solltest ein wenig mehr Vertrauen haben. Wenn du dich nicht stellst, was ist dann deine Alternative?"

„Weiß auch nicht. Vielleicht den wahren Mörder überführen."

Kleinschmidt verdrehte die Augen. „Joe, das ist doch kein Computerspiel. Das ist Realität. Warum sollte jemand, der einen Hacker tötet, nicht ein zweites Mal zuschlagen?"

Joe sah ihn aus großen Augen an: „Sie meinen, er könnte auch mich umbringen?"

„Warum nicht. Besser, wir gehen zur Polizei."

„Kann ich nicht hier in der Kapelle bleiben?"

„Unmöglich." Der Lehrer stand auf und ging ein wenig auf und ab. „Nein, das geht nicht."

Am liebsten hätte Joe losgeheult. „Ich habe es nicht getan, es hat sich alles genauso abgespielt, wie ich es Ihnen eben erzählt habe. Bitte, Sie müssen mich hier aufnehmen!"

Benno seufzte und fuhr sich wieder durchs Haar. „Na gut, aber nur unter einer Bedingung."

„Unter welcher?"

„Morgen früh gehen wir zusammen zur Polizei."

Joe schüttelte den Kopf.

„Wenn du ablehnst, musst du dir einen anderen Schlafplatz suchen."

Der Junge reagierte nicht.

„Hör doch, sie werden alles aufklären!"

„Also gut", meinte Joe nach einigem Zögern, um Zeit zu gewinnen. Morgen war ein anderer Tag. Wer weiß, vielleicht hatte er bis dahin einen Plan … „Womöglich haben Sie ja Recht und es ist wirklich das Beste."

„Gut. Hand drauf."
Joe schlug ein. Benno fuhr seinem Schüler übers Haar. „Es wird schon alles gut, ehrlich."
Als Kleinschmidt die Kapelle verließ, trank Joe das Wasser aus. Dann machte er sich eine Tasse heiße Schokolade.
Immerhin habe ich so ein wenig Zeit gewonnen, dachte er. Plötzlich kam ihm das Notebook wieder in den Sinn. Rasch holte er es aus seiner Tasche und schaltete es ein. Es dauerte nicht lange, bis der tragbare Rechner hochgefahren war. Rasch inspizierte Joe den Desktop. Seine ganze Aufmerksamkeit konzentrierte sich auf das kleine Fenster. Fast wie in seinem Zimmer. Wenn er einen Computer vor sich hatte, vergaß er die ganze Welt. Als würde er den Joe, den alle kannten, abstreifen und zu einer anderen Person werden. Vielleicht fand er hier den Grund, weshalb der Hacker gewaltsam ums Leben gekommen war. Oder warum er überhaupt den Kontakt zu Joe und seinen Mäusen gesucht hatte.
Joe erkannte sofort das Betriebssystem, er benutzte dasselbe, obwohl Hacker, das wusste er, mehrere Betriebssysteme kennen und stören können. Die meisten Ordner auf der Oberfläche gehörten eindeutig zur Standardausstattung. Das Ganze sah wie ein jungfräulicher, frisch installierter Rechner aus. Leer und deshalb rasend schnell. Nur: Warum sollte ein GoTo im Todeskampf seinen Namen auf den Boden schreiben, um auf das Gerät aufmerksam zu machen, wenn es nichts Wichtiges enthielt? Joe klapperte alle Ordner ab, konnte jedoch nichts finden. Nur als er die Daten des Betriebssystems und des Computers untersuchte, fiel ihm etwas auf: GoTo hatte

Joes Namen als Benutzernamen eingegeben. Aber das brachte ihn auch nicht weiter.
Joe durchwühlte auf der Suche nach etwas Süßem die Schubladen im Schreibtisch seines Lehrers, fand aber nur eine Kasse, einen Schlüsselbund, eine Fahrradpumpe und einen schrumpligen Apfel, den er sofort aß. Anschließend lief er eine Weile im Kreis um den Schreibtisch. „Das gibt's doch nicht", sagte er immer wieder. „Irgendwie muss das Rätsel doch zu knacken sein."
Schließlich checkte er ein zweites und drittes Mal den Rechner. Allerdings mit demselben Ergebnis. Ihm kam eine weitere Idee. Er fuhr den Rechner herunter und startete neu. Dann löschte er seinen Namen und gab „GoTo" ein. Nichts passierte. Er fuhr den Rechner ein weiteres Mal herunter und startete neu. Diesmal versuchte er es mit Paulus Wenz. Nichts. Dann wollte ihm dieses eine, merkwürdige Wort nicht einfallen. Billi, Bibel, Bilbao, ja, Bilbao. Rasch tippte er die Buchstaben ein.
„Aha", sagte er zu sich selbst. „Mit diesem neuen Login geht's also." Der Rechner zeigte die Benutzeroberfläche und Joe sah drei nagelneue Ordner.
„BACK-UP", las er enttäuscht. „Nur 'ne dämliche Sicherheitskopie."
Er öffnete die anderen beiden Ordner, die nur Kleinkram enthielten. Er klickte alles an und versuchte über „Eigenschaften" herauszufinden, zu was sie gehörten.
„Schon wieder *BACK-UP"*, murmelte er. Er klickte den gleichnamigen Ordner an und sah sich die ganze Palette an Dateien in Ruhe an. Vielleicht, dachte Joe, ist hier eine der Dateien drauf, die der Mörder gesucht hat.
Aber je länger Joe sich mit dem Aufbau des Rechners be-

fasste, desto weniger verstand er die sehr unterschiedlichen Komponenten. Endlich fiel bei ihm der Groschen: Das waren keine unzusammenhängenden Dateien, sondern ein Programm. Und das hieß *BACK-UP.*

Rasch rief er die Exe-Datei auf. *BACK-UP* startete. Joe war sehr gespannt, aber dann sah er nur ein Spinnennetz, in dessen Mitte eine Spinne saß. „`Drei Versuche`", stand in einem kleinen Kasten. Joe verstand sofort: ein Test.

Er versuchte, in den Formen des Netzes eine mathematische Regelmäßigkeit zu entdecken. Er rechnete und prüfte. Schließlich gelang es ihm, die Spinne ein paar Zentimeter vorwärts zu bewegen. Doch dann fiel das Insekt plötzlich um und zog die langen Beine an den Körper. Tot.

„Mist!", fluchte Joe. „Blödes Vieh!"

`Noch zwei Versuche.`

„Streng dich an!", ermahnte er sich. Beim zweiten Anlauf kam er wesentlich weiter. Doch dann verlor er den Überblick. Joe begann wieder, auf und ab zu laufen. Dann holte er sich einen Stift und zeichnete den ganzen zurückgelegten Weg auf ein Blatt und fügte die Länge der Einzelschritte hinzu, die den Weg beschrieben. Er rechnete und rechnete und rechnete, die Spinne rückte weiter vor und er trug die nächsten Punkte auf dem Zettel ein. Wenn er an diesem Punkt einen Fehler machte, hatte er immerhin den größten Teil des korrekten Weges eingetragen. Das Netz schimmerte bei jeder Bewegung der Spinne, bis sie das Ziel erreichte. Dann schaltete sich der Rechner ab.

Joe stutzte. Was zur Hölle war denn nun schon wieder schief gegangen! Er drehte das Notebook nach allen Seiten, aber welche Knöpfe er auch drückte, nichts geschah. Schließlich versuchte er, mit dem Stift die kitzekleine Resettaste zu betätigen, um einen Neustart auszulösen. Nichts rührte sich. „Verdammt!", schrie Joe. Er starrte auf den leeren Bildschirm. Schließlich wandte er verschiedene Tastenkombinationen an, die allesamt nicht fruchteten.

Aus Versehen berührte er den Nummernblock und erkannte die Neun auf dem Bildschirm. Der Rechner war überhaupt nicht aus! Rasch löschte er die Ziffer mit der Entfernen-Taste. Er sah sich noch einmal das Blatt an. Schließlich rechnete er alles zusammen und kam auf eine endlos lange Zahl, doch als er die Quersumme nahm, las er 4568. Diese Zahl tippte er ein und drückte die Enter-Taste. Der Bildschirm flackerte kurz auf. Dann startete das *BACK-UP-Programm.* Joe jubelte innerlich, als hätte er ein besonders schweres Spiel geknackt.

Nur stellte ihn *BACK-UP* selbst vor die nächste Hürde. Genau genommen sah es wie ein langweiliges Tabellenkalkulationsprogramm aus. Was er auch anklickte, nichts geschah. Es gab keine Beispieldateien, keine Inhalte, gar nichts. Langsam kam ihm das Gerät völlig nutzlos vor. Was zum Henker soll ich denn nur damit machen?, fragte er sich und kratzte sich am Kopf. Dann fiel ihm etwas ein. Er drehte und wendete das Notebook nach allen Seiten und schüttelte es. Nichts. Schließlich warf er einen letzten, desinteressierten Blick in die Tasche, in der der Desktop aufbewahrt worden war.

„Hallo!", rief er überrascht, als er eine Diskette fand. Die Dateien darauf hatten sehr komische und kaum lesbare Namen wie zum Beispiel „Krish23V545$$$" oder „lelero9343564*k**+".

Joe spielte sie auf die Festplatte und klickte sie dann doppelt an. Aber nichts rührte sich.

* * *

Oberst Wenz stand an der Bar und trank in aller Ruhe seinen Whiskey. Er rauchte eine Zigarette nach der anderen und warf sich von Zeit zu Zeit ein paar gesalzene Erdnüsse in den Schlund. Das Salz wiederum weckte Lust auf mehr Erdnüsse und löste dabei einen unterschwelligen, aber dauerhaften Durst aus, den ein einziger Whiskey nicht löschen konnte. Und so bestellte er mit einem Fingerzeig noch ein Glas.
Sicher, er hatte Mist gebaut. Auch wenn die Geschichte mit GoTo ein verdammter Unfall war.
Er zündete sich eine neue Zigarette an. Langsam stieß er den Rauch aus. Es war nun an der Zeit, seinen Fehler wieder auszubügeln. Der Barkeeper stellte mit der Fernbedienung den Fernseher lauter.
Wenz blickte wie gebannt auf den Bildschirm, auf dem ein Junge zu sehen war. Mensch, den kenn ich, dachte er und starrte auf die Lippen der Nachrichtensprecherin.

... fahndet die Polizei noch immer nach diesem Jungen. Er wurde von verschiedenen Zeugen am Tatort des geheimnisvollen Mordes gesehen. Wenn Sie Hinweise haben, rufen Sie uns unter der Hotline-Nummer 0180 3334447 an. Wir melden uns nach der Werbung gleich wieder, dann geht es weiter mit: „Wie Sie sich vor mörderischem Besuch schützen" und „Wird die Jugend immer gewalttätiger?" Bleiben Sie dran ...

„So 'ne Schande", meinte der Barkeeper.
„Wem sagen Sie das", antwortete Wenz.
„Das sind alles diese Computerspiele, wenn Sie mich fragen", meinte der Barkeeper. „Die Kids machen den ganzen Tag irgendwelche Killerspiele und dann können sie irgendwann die Wirklichkeit nicht mehr vom Spiel unterscheiden und murksen Leute wie Sie und mich ab." Er machte eine wegwerfende Handbewegung. „Nee, nee, es ist besser, wenn man heute keine Kinder mehr in die Welt setzt. Haben Sie Kinder?"
„I... ich?", fragte Wenz, von der Frage vollkommen überrascht. „Nein."
Der Barkeeper klopfte ihm kameradschaftlich auf die Schulter: „Gut gemacht."
Rasch griff Wenz nach seiner Zigarettenpackung und zündete sich die nächste an. Dann zog er die Zeitungen, die auf der Theke auslagen, zu sich heran. Auf jedem Titelblatt sah ihm dieser Junge entgegen.

Mutmaßlicher Mörder gesucht!

Den hatte er an jenem Nachmittag zusammen mit GoTo in dem Burger-Restaurant gesehen.

Grauenvoller Mord!

Und der Junge war auf GoTo losgegangen.

Brutaler Mord!

Der Oberst erfuhr eine Menge über Joe. Die Zeitungen stellten das Internat vor, in dem der Junge lebte, und zogen die erzieherischen Fähigkeiten der Lehrer dort in Zweifel.

KATASTROPHALE ZUSTÄNDE

Im Hermann-Kesten-Internat sammeln sich offensichtlich die Kleinkriminellen. Einer internen Studie zufolge wird jeder dritte Schüler aus diesem Internat straffällig. Mord war bislang nicht unter den begangenen Verbrechen. Wann wird die Stadtverwaltung etwas gegen diese Zustände unternehmen? „An diesem Internat gibt es viel zu wenige Lehrer", äußerte sich Diplompädagoge Wolfgang Böhler. „Die schaffen es gar nicht, alle Kinder und Jugendlichen ständig im Auge zu behalten. Das ist eine katastrophale Situation."

Wenz notierte sich den Namen des Lehrers und des Internats mit Kugelschreiber auf seinen Unterarm. Dann blätterte er in den anderen Zeitungen.

... gilt der 18-jährige Joe T. schon immer als schwierig und unberechenbar. Seine Zornesausbrüche sind berüchtigt. Zeugen berichten von Anfällen, bei denen Joe sein gesamtes Mobiliar aus dem Fenster warf. Auch andere Schüler soll er tätlich angegriffen haben.

Und was sagte die Polizei zu all dem?

Kommissarin Paula Bredow bestätigte zwar bisher nicht die Vermutung, dass der 18-jährige Joe der Mörder sein könnte. Sie schloss es allerdings auch nicht aus. Nach Augenzeugenberichten soll der Junge seinen Mäusekäfig in der völlig demolierten Wohnung des Ermordeten zurückgelassen haben. Außerdem schrieb der bislang unidentifizierte Tote mit letzter Kraft den Namen seines Mörders auf.

Wenz zündete sich eine neue Zigarette an, obwohl er die alte noch nicht zu Ende geraucht hatte.

Es bestehen kaum Zweifel, dass der Junge den Mord beging. Zu viele Indizien sprechen dafür. Darüber hinaus gibt es einen Augenzeugen, der den Jungen zur Tatzeit am Tatort gesehen hat.

Nur eine Zeitung ging auch auf die Talente des Jungen ein. Das ließ Oberst Wenz aufhorchen.

… ein absolutes Computergenie. Seinen Mitschülern schien er in dieser Hinsicht weit voraus zu sein. Dass er sich möglicherweise als Hacker betätigt hat, konnte bis zu diesem Zeitpunkt noch nicht belegt werden.

Hatte er mit GoTo nicht noch am Abend von dessen Tod über den Jungen gesprochen? Und dachte nicht GoTo, dass Wenz es auf Joe abgesehen hatte? Der Oberst schlug mit der Faust auf den Tresen. Dann war also doch etwas dran! Der Kleine hatte also was auf dem Kasten. Und folglich blickte er in GoTos hochkomplizierter Welt wesentlich besser durch, als der Hacker damals zugeben wollte. Mit anderen Worten: Joe war hundertprozentig in *BACK-UP* eingeweiht, vermutete Wenz. Er konnte Wenz helfen, diese verfluchte BACK-UP-Festplatte zu knacken. Nur musste er den Jungen noch vor der Polizei finden. Aber dazu hatte er seine Helfer. Wenz drückte seine Ziga-

rette aus und legte einen Zwanzigmarkschein auf den Tisch.
Er wusste genau, wohin er jetzt gehen musste. Dort würde er auch andere Talente finden. Schließlich hatte er eines in den guten und harten Jahren mit Doktor Morris gelernt: Es lohnte sich, mehrgleisig zu fahren. Immer hübsch ein paar Eisen im Feuer, sagte er sich und verließ schließlich die Bar. Er sah auf die Uhr. Wenz überquerte mehrere Straßen, bog um die Ecke und erreichte ein altes Fabrikgebäude. Die drei Schornsteine des Backsteinbaus ragten einsam in die Höhe. Ein paar Obdachlose lungerten am Rande einer ehemaligen Laderampe herum. Einer der Penner schlief über seine Tüten gebeugt, die Mütze tief ins Gesicht gezogen. Dankbare und nützliche Leute, dachte er. Kann ich sicher mal gebrauchen. Die sind bestimmt bereit, für sehr wenig Geld sehr viel zu tun. Schließlich betrat Wenz das Gebäude jenseits des mit Glasscherben übersäten Hofes. In einer der Fabriketagen befand sich der *Underground Club.* Die Junghacker hausten manchmal auch da, übernachteten im Schlafsack neben ihrem Rechner.
Wenz klingelte. Ein Junge, kaum älter als dreizehn, öffnete die Tür. Wenz konnte den blümchentapezierten Flur erkennen; es sah aus wie in Großmütterchens Wohnung.
„Ja?"
„Wenz ist mein Name."
„Bist 'n Bulle, oder was?"
Wenz breitete die Arme aus und sprach mit tiefer Stimme: „Jüngelchen, sehe ich etwa wie ein Polizist aus?"
Der Oberst musste sich ganz schön am Riemen reißen, denn am liebsten hätte er den Knaben an die Wand ge-

donnert und auf seinen Rippen Marimba gespielt. Aber der Club war ein zu wichtiger Kontakt, und die picklige Zwergnase schien es nicht wert, das alles aufs Spiel zu setzen. „Dann hol doch mal jemand vom Club, bevor ich mir auf die Schuhe pisse und zusehen kann, wie mir 'ne Blume draus wächst."
Eine Weile starrte ihn der Junge an, dann zog er sich eilig zurück. Um sich die Zeit zu vertreiben, zündete sich Wenz eine Zigarette an. Endlich erschien ein bekanntes Gesicht.
„Tach, Mello."
„Tach auch, Quinz."
Quinz, ein dunkelblonder Typ in schmuddligen Klamotten winkte den Oberst lässig herein.
„Lang nicht gesehen. Na, wie isset?"
Wenz brummte nur. Quinz betätigte den Infrarotknopf und die Blümchentapete samt Wand schob sich wie von Geisterhand zur Seite. Sie stiegen eine Treppe hinunter. Wenz strahlte, als er die riesige Fabrikhalle mit den gigantischen Deckenleuchten sah. Mindestens vierzig Personen saßen an einem riesigen runden Tisch an mehreren Computern. Da gab es die neuesten und größten Monitore, die schnellsten Rechner, aber auch lahme Gurken mit trüben Bildschirmen je nach dem Grad an Achtung, den sich die Jungs im Club erarbeitet hatten. In der Armee gab es Streifen, im Club wurden die Computer immer besser, je mehr Talent ein junger Hacker bewies. Natürliche Auslese.
„Wie geht's Morris?", fragte Quinz.
„Wie soll's ihm schon gehen?"
Quinz lachte laut. „Na, immer noch die große Liebe, was?"

„Sehr witzig, Quinz."
Wenz kramte sein Notebook aus der Tasche und schloss es an. Dann kramte er noch eine Zigarette heraus und paffte.
„Hier ist nicht Nichtraucher!", schnauzte gleich einer seiner Tischnachbarn. Wenz reagierte nicht.
„He, ich rede mit dir, Fettsack!", meinte der Junge. Er trug einen Parka und sah Wenz herausfordernd an. Das gefiel ihm. Wenz zog genüsslich an seiner Zigarette, als wäre nichts gewesen.
„Mach das Ding aus ..."
Der Oberst sagte gar nichts. Lieber sah er zu, wie die Kumpels an ihrem Parkafreund zerrten.
„Lass es, Kant."
Kant! Was für blöde Namen sich diese Hacker gaben, dachte Wenz. Kant, Blecko, Zimbi. So würde nicht einmal Hundewurst heißen wollen.
„Weiß du nicht, wer das ist?", flüsterte einer der anderen.
„Mir doch egal, wer das ist!", schnauzte Kant. „Und wenn es der Papst persönlich wäre, der sich einen Joint anzündet. Ich habe keinen Bock, wegen so einem Typen Lungenkrebs zu bekommen."
„Du könntest auch was auf die Zähne bekommen", meinte Wenz lächelnd.
„Ich hab keine Angst vor dir, Mello."
„Musst du auch nicht." Er hielt ihm die Packung hin. „Willste eine?"
„Klar", sagte Kant und ließ sich auch gleich Feuer geben. Das Machtspielchen hatte er verloren. Sich mit Mello gut zu stellen, brachte Vorteile. Er bot immer gute Jobs an. Das wusste auch Kant.

„Schon gehört, was passiert ist?"
„Meinste den Mord?", fragte Kant.
„Genau, weiß man schon, wer der Tote ist?", fragte einer von Kants Kumpels.
„Es ist GoTo", sagte Wenz.
„Nein", rief einer der Jungen erschrocken aus.
„Woher willst du das wissen, Mello?"
Der Oberst grinste vielsagend: „Besser, wenn du nicht fragst, Junge."
„GoTo? Bist du dir ganz sicher?"
„Todsicher", meinte Wenz. „Kennt einer von euch diesen Joe, den sie im Fernsehen als Hauptverdächtigen zeigen?"
Kant zog an seiner Zigarette. „Hab mal was von dem gehört ..."
„Er gehört nicht zum Club", sagte der Typ im Parka.
„Wie heißt du?"
„Jens, äh, ich meine, Pimal ..."
„Pimal?"
„Na ja", meinte der Hacker verlegen. „Kommt von Pi mal Daumen. Ich glaube, Julian ist mit ihm befreundet."
„Ach ja, Julian", sagte der Oberst. „Ich weiß, dass Joe es nicht gewesen ist. Ich könnte ihm helfen. Aber dazu muss ich ihn finden."
„Wir können ja mal die Buschtrommeln einsetzen ..."
„Ich wäre euch sehr verbunden."
Wenz kritzelte seine E-Mail-Adresse auf einen Zettel. „Schickt mir alle Infos da hin."
„Wenn es Joe nicht war, wer dann?", fragte einer der Jungs.
„Vielleicht die Russen oder die Chinesen?", vermutete Kant.

„Vielleicht war Joe kriminellen Elementen in unserer Szene auf der Spur", vermutete Pimal.
„Ich will euch ja nicht beunruhigen, Jungs", begann Wenz. „Aber ich fürchte, Joe und GoTo haben zusammengearbeitet, an einer sehr speziellen Sache. Und dabei haben sie gewisse Leute vom Geheimdienst verärgert." Er senkte die Stimme. „Mehr als verärgert."
„Dann steckt also doch was dahinter", sagte Kant nachdenklich.
„Ich vermute, dass die beiden etwas Besonderem auf der Spur waren."
„Was denn?"
„Es ist zu eurer eigenen Sicherheit, wenn ihr es nicht wisst. GoTo wurde das erste Opfer der Agenten. Joe soll das zweite werden. Aber es gibt noch etwas."
„Was denn?", fragte Pimal.
„Das hier ..." Oberst Wenz legte GoTos Festplatte auf den Tisch. „Hier ist alles drin: die Indizien, die Hintergründe und wahrscheinlich sogar die Namen der Mörder."
Alle starrten auf den kleinen Kasten.
„Das Ding ist supergesichert. Habt ihr Erfahrung mit so was?"
Die Jungs sahen sich ratlos an. „Wir können es uns ja mal ansehen."
„Besser wäre es, wenn Joe es direkt öffnen könnte. Ein kleiner Fehler, und das Ding ist platt."

* * *

Im Büro herrschte hektische Betriebsamkeit. Telefone klingelten, Schritte tappten übers Linoleum, Türen schlugen.

„Ich weiß nicht", murmelte sie und rührte in dem zwei Tage alten Kaffee. Dann zupfte sie mit den Fingern an den stark geschminkten Wimpern herum, die sich verklebt hatten, weil die lausige Wimperntusche klumpte. „Ich weiß einfach nicht. Je länger ich darüber nachdenke, desto weniger macht die ganze Geschichte Sinn."
„Schon Zeitung gelesen?", fragte Lokau, der sich ein Kaugummi in den Mund warf.
„Ist doch alles Blödsinn, was die schreiben. Sie blasen jetzt zur Treibjagd auf den Jungen."
„Glaubst du, er war's?", erkundigte sich Lokau. „Die Presse stellt ihn ja als übles Früchtchen hin."
„Keine Ahnung", meinte die Bredow. „Was mir fehlt, ist das Motiv." Sie starrte ihn an. Ein Auge war halb geschlossen, der Wimperntusche wegen. „Du siehst wieder einmal wie 'ne Kuh aus."
„Ich bin doch nicht in der Schule", fluchte Lokau.
„Raus mit dem Kaugummi!"
„Ist doch nur für den frischen Atem."
„Meine Polizeibeamten können aus dem Mund riechen, bis die halbe Stadt tot umfällt, aber gegen dieses dämliche Gekaue habe ich was." Plötzlich piepte ihr Computer. „Ah, das wurde ja auch Zeit …"
„Ist das der Autopsiebericht?"
„Yes, Sir! Per E-Mail."
„Lies vor!"
„Identifizierung noch nicht abgeschlossen." Sie sah böse zu Lokau herüber. „Wieso denn nicht, verdammt noch mal?" Sie griff zum Telefon. „He, Müller, was soll der Mist mit der Identifizierung? Wie? Was? Was soll das heißen, der Computer streikt. Das interessiert mich überhaupt

nicht, Kollege, ich brauche Namen und Alter, und zwar ein bisschen plötzlich. Ist mir doch egal, und wenn sie die Fingerabdrücke mit dem Fahrrad vorbeibringen müssen. Nein. Nein, ich lese ihn gerade. Gut, ich melde mich. Gut.“ Sie sah Lokau an. „So ein Lahmarsch. Jetzt sind vierundzwanzig Stunden rum und die Leiche ist noch genauso anonym wie ein Tiefkühlhuhn.“

„Wir bräuchten einen jungen Hacker, der sich resozialisieren will.“

„Gute Idee. Weiter im Text. Bla, bla, bla, Spritzen, bla, bla, bla, bla, bla, bla, äußerlichen Einwirkungen ...“

„Paula, so kann ich kein Wort verstehen.“

Murmelnd las sie den Bericht. Dann stieß sie einen Pfiff aus.

„Was?“

„Möglicherweise ist die Geschichte komplizierter, als wir dachten.“

„Und was heißt das?“

„Na ja, erstens wurde der Tote ganz schön weich geklopppt, aber daran ist er nicht gestorben. Und gewehrt hat er sich auch. Unter seinen Nägeln wurden nicht nur fremde Hautfetzen, sondern auch Schmauchspuren gefunden.“

„Schmauch? Du meinst, der Typ war bewaffnet?“

„Genau das. Mit einer Gaspistole, wenn du es genau wissen willst. Und abgedrückt hat er auch.“

„Wir haben aber keine Gaspistole gefunden. Dann hat sie Joe mitgenommen und ist jetzt auch noch bewaffnet.“

„Mmmh. Aber das klingt alles nicht sehr plausibel. Was hat uns noch mal dieses Bürschchen erzählt? Roland?“

„Nein, Julian.“

„Julian sagte doch, dass Joe ganz schön oft wütend sei. Aber seiner Meinung nach würde er nie auf jemanden losgehen. Im Grunde sei dieser Joe ein netter Kerl."
„Ein netter Kerl mit Gaspistole."
„Entschuldige bitte, Martin, aber es war ja wohl der Tote, der damit geschossen hat."
„Was steht sonst noch im Bericht?"
„Nachdem unser Freund ein paar auf die Zähne bekommen hat, flößte ihm jemand etwas ein."
„Mit einer Spritze! Wir haben die Scherben und die Nadel sichergestellt."
„Was war in der Spritze? Drogen? Gift?"
„Das ist leider ein Problem. Was immer es war, es lässt sich nicht genau nachweisen. Darum machen sie noch ein paar Tests. Ach ja, noch was. Der Typ war wirklich Diabetiker."
„Ja, und? Er wird sowieso keine Schokolade mehr essen."
„Jedenfalls nahm er ständig Insulin. Es muss gar kein Mord gewesen sein."
„Sondern?"
„Ein Unfall."
„Ein Unfall mit einer nicht nachweisbaren Flüssigkeit."
„Einer noch nicht nachweisbaren Flüssigkeit."
„Es wäre gut, wenn wir mit diesem Joe reden könnten. Aber der hat sich verkrochen. Weißt du, was ich so seltsam finde? Stell dir vor, du bist achtzehn Jahre alt und ein Hacker schießt mit einer Gaspistole auf dich. Was würdest du tun?"
„Keine Ahnung. Mich wehren, vermutlich."
„Mit einer Spritze?"
„Also brachte er sie vorsätzlich mit."

„*Wenn er* sie mitgebracht hat. Und da ist noch die Sache mit den Mäusen. Wenn er ihn tatsächlich mit einer Spritze umbringen wollte, warum hat er diese verdammten Mäuse mitgebracht? Das macht alles keinen Sinn! Stell dir mal vor, er wäre es nicht gewesen."
„Und dann?"
„Angenommen du findest eine Leiche, dann kommt dein bester Freund die Treppe rauf und du läufst in Panik weg."
„Aber vorher ruft er einen Krankenwagen."
„Stimmt. Aber warum stand sein Name auf dem Boden?"
Paula Bredow fuhr sich durchs Haar. „Dazu fällt mir absolut nichts ein. Warum schreibt der Typ mit letzter Kraft den Namen des Jungen?"
„Um die Polizei auf die Spur seines Mörders zu bringen."
„Möglich, aber ein bisschen zu einfach, oder?"
Das Telefon klingelte.
„Bredow", brummte sie mürrisch. „Ja. Okay." Sie legte auf.
„Wissen wir jetzt, wer es ist?"
„Ja. Hinter Paulus Wenz steckt Philip Berner."
„Sagt mir nichts", meinte Lokau.
„Berner ist besser bekannt unter dem Namen GoTo! Der berühmte Hacker."
Lokau staunte. „Dann war's also so eine Art Abrechnung unter Hackern. Gut, dass die das mit den Fingerabdrücken rausgefunden haben."
„Haben sie gar nicht", sagte die Bredow. „Im Netz schalten alle Hacker eine Todesanzeige. Hat mir gerade Giller von der Wirtschaftskriminalität gesteckt. Eine digitale Be-

erdigung", murmelte sie. „Ist das immer so, wenn ein bekannter Hacker stirbt?"
„Keine Ahnung", sagte Martin. „Ist mein erster Hacker. Das ist typisch."
„Was?"
„Wenn wir mal einen Hacker kennen lernen, der unser System auf Vordermann bringen könnte, muss er ausgerechnet tot sein."
„Wir müssen den Jungen finden", rief Paul Bredow ungeduldig und griff zum Telefon.
„Eine Sache noch, Paula."
„Ja?"
„Woher wissen die Hacker von GoTos Tod?"

* * *

Benno Kleinschmidt hatte ein kleines Frühstück zubereitet. Mit dem Tablett betrat der Lehrer die Hinterräume der Kapelle. Joe war nicht da.
„Das Vögelchen ist anscheinend ausgeflogen", stellte sein Begleiter fest.
„Unsinn, er muss hier irgendwo sein", antwortete Kleinschmidt. Er suchte alle angrenzenden Räume ab. Zwecklos. Keine Spur.
„Hatte er etwas dabei, als er hierher kam?"
„Nur seine Tasche ..."
„Sonst nichts?"
„Nur so ein Notebook."
„Ein Notebook?"
„Ja, er wollte damit irgendetwas anstellen, aber ich weiß nicht genau, was."
Der andere wurde plötzlich aufbrausend: „Es wäre aber

durchaus hilfreich, Herr Kleinschmidt, wenn Sie sich *genau* erinnern könnten."
Der Lehrer wandte sich um.
„Ich verstehe das nicht. Er hatte mir doch versprochen, hier zu bleiben."
„Wo könnte er hingegangen sein?"
„Keine Ahnung."
„Vielleicht ist er ja drüben im Internat."
„Unmöglich. In allen Zeitungen ist sein Foto, es würde keine fünf Minuten dauern, bis jemand die Polizei riefe. Er hat sich eben sehr viele Feinde gemacht."
„Er hat also keine Freunde?", hakte der andere nach.
„Nein, nur Julian."
„Ach ja, Julian. Den habe ich ganz vergessen."
„Vielleicht war es ein Fehler, Sie zu informieren", meinte der Lehrer mehr zu sich selbst.
„Unsinn, Kleinschmidt. Sie haben richtig gehandelt."
„Glauben Sie mir! Der Junge hat mir alles erzählt. Er weiß offenbar nichts, er hatte GoTo ja gerade erst kennen gelernt."
Oberst Wenz blickte den Lehrer böse an. „Das einzuschätzen sollten Sie uns überlassen."
Kleinschmidt hielt seinem Blick stand: „Ich will nicht, dass es noch einen Toten gibt."
„Wissen Sie was, Kleinschmidt", sagte Wenz und begann, den Lehrer grob herumzuschubsen, bis er mit dem Rücken zur Wand stand. „Es interessiert mich einen Dreck, was Sie davon halten. Sie kassieren jeden Monat einen festen Betrag von Morris, richtig?"
Kleinschmidt versuchte zu nicken, aber der Würgegriff seines Angreifers erlaubte es kaum.

„Wir haben Sie immer unterstützt. Sie kannten den Deal, und darum hören Sie auf, hier blöde rumzujammern!"
„Es gab doch bislang keine Toten."
„Wir wissen auch nicht, was mit GoTo passiert ist, aber glauben Sie mir: Wir versuchen, diesen Fall zu lösen."
Wenz ließ los, der Lehrer rieb sich den Hals.
„Wichtig ist nur, dass wir den Jungen finden, bevor ihn die Polizei in die Finger bekommt." Er griff sich das Brötchen vom Tablett, tunkte es in das Marmeladenglas und biss ab. „Wenn die Polizei erst einmal dahinter kommt, was in Ihrem Internat so alles abläuft, gibt es einen hübschen Haufen Ärger. Das können Sie doch nicht wollen."
Kleinschmidt sah zu, wie sich Wenz ungeniert am Frühstück des Schülers gütlich tat. „Es kämen sehr, sehr viele unschöne Erlebnisse auf Sie zu. Oder wollen Sie der Internatsleitung erklären, warum Sie von uns Computer erhalten haben? Und warum Sie damit jemanden wie Joe ausstatteten?"
„Nein, natürlich nicht."
„Nein, natürlich nicht", äffte Wenz ihn nach. „Denn dann würde öffentlich bekannt, dass Sie einer unserer Talentscouts sind. Richtig?"
Kleinschmidt reagierte nicht.
„Und wenn die Polizei mit Ihnen spricht, was wird sie wohl denken …"
„Ich werde kein Wort sagen."
Oberst Wenz schlürfte den Tee aus und trank danach die Milch. „Das will ich Ihnen auch geraten haben. Und wir machen mit dem Jungen, was wir wollen. Selbst wenn wir ihn zu einem Napfkuchen verarbeiten, geht es Sie nicht das Geringste an."

Kleinschmidt setzte sich auf die Liege. Wenz nestelte wieder einmal eine Zigarette aus der Packung. „Auch eine?"
„Nein, danke."
Wenz qualmte kleine Wölkchen aus dem Mundwinkel. „Also, fangen wir wieder von vorne an. Wo kann Joe hin sein?"
„Ich habe keine Ahnung. Er ist der typische Einzelgänger. Er kennt niemanden, hat kein Geld und kommt deshalb sicher nicht weit."
„Das reicht mir aber nicht", knurrte Wenz.
„Was denn noch?", fragte der Lehrer eingeschüchtert.
„Wenn er sich meldet, müssen Sie ihn festhalten."
„Was macht Sie so sicher, dass er sich noch einmal meldet?"
Wenz grinste: „Da bin ich ganz sicher. So lange er nicht weiß, was für ein Arsch Sie sind, kommt er wieder. Und Sie haben es ja selbst gesagt: Er hat keinen Pfennig. Es ist also nur eine Frage der Zeit. Aber ich habe schon eine Idee ..."
„Was denn für eine Idee?", fragte Kleinschmidt.
„Ich werde mal einen Blick auf Joes Computer drüben werfen."
Wenz fuhr herum. „Was war das?"
„Was?", fragte Kleinschmidt tonlos.
„Dieser schrille Ton in der Ferne."
Kleinschmidt stand auf. „I... ich weiß nicht, ich h... höre nichts."
Beide Männer traten aus der Kapelle heraus und wichen dann erschrocken zurück. Mehrere Löschzüge rückten mit wildem Sirenengeheul heran. Vor dem Internat sam-

melten sich die Schüler in größeren Gruppen. Im Hintergrund schrillte noch immer der Feueralarm. Joe, dachte Kleinschmidt erfreut. Doch Oberst Wenz las seinen Blick.

* * *

Die ganze Nacht hatte er kein Auge zugetan. Immer wieder drehte sich alles in seinem Kopf: die Begegnung mit GoTo, sein Tod, die Flucht und dieses rätselhafte Programm, das er nicht knacken konnte. Bis jetzt jedenfalls. So war er früh aufgestanden, unschlüssig, ob er sich stellen sollte oder nicht.

Auf jeden Fall wollte er es sich mit seinem Förderer und Lehrer Kleinschmidt nicht verderben. So verließ er die Büroräume, setzte sich auf die gegenüberliegende Seite der Kapelle und dachte nach. Als die Tür aufging, nahm er seine Tasche und wollte auf Benno Kleinschmidt zugehen. Doch ein bulliger Typ ging dicht hinter dem Lehrer, mit einer Waffe in der Hand. Ein Polizist?

Da er auf der anderen Seite der Kapelle stand, hatten sie ihn bisher nicht bemerkt. Joe hielt den Atem an. Sobald die beiden Männer in den Büros verschwunden waren, entwischte er durch das Holzportal und lief quer durch die Rabatten im Garten, um seinen Verfolgern nicht auf dem Weg aufzufallen.

Sein ganzes Leben lang hatte es ihn in den Fingern gejuckt, das gläserne Feueralarm-Viereck einzuschlagen und auf den kleinen schwarzen Knopf zu drücken. Nicht gerade einfallsreich, sagte er sich, aber von elementarer Wirkung. Schließlich brauchte er dringend ein paar Sachen – und Augenzeugen seiner Aktion waren nicht unbedingt erwünscht.

Immer mehr Schüler und Lehrer strömten in den Hof. Joe schloss das Notebook an seinen Rechner an und übertrug seine gesammelte Bibliothek an Werkzeugen und selbst geschriebenen Tools auf den tragbaren Computer. In der Zwischenzeit stopfte er Klamotten in seine Tasche. Dann suchte er seinen Ausweis, falls ein Auslandsaufenthalt nötig sein sollte.
Joe durchwühlte seine Schubladen. Seine Ersparnisse beliefen sich auf gerade mal zehn Euro. Weit würde er damit nicht kommen. Es blieb ihm nichts anderes übrig, als Julians Schränke zu durchsuchen. Bald hatte er die kleine Apparatur gefunden, die sie zusammen entwickelt hatten. Er grinste. Dann widmete er sich wieder seinem Rechner. Die Übertragung war fast fertig. Die Restzeit nutzte er aus, um den ganzen unnötigen Krempel, den er in seine Tasche gepackt hatte, auf das Nötigste zu reduzieren. Zu viel konnte er auch nicht tragen. Er zog eine schwarze Wollmütze auf. Nach dem Datentransfer steckte er noch das Notebook ein und verließ den Raum. Dann fiel ihm etwas ein und er ging noch einmal zu seinem Computer zurück. Als er sich zum Gehen umwandte, stand jemand in der Tür.
„Hallo", sagte Julian leise und spielte wie immer mit seinem Handy herum. Er sah mitgenommen aus.
„Hallo", grüßte Joe kurz angebunden und wünschte nur, Julian würde den Weg frei machen. Aber Julian dachte nicht daran.
„Ich habe dich in GoTos Haus gesehen."
„Ich weiß."
„Und?"
„Du meinst, ob ich es gewesen bin?"
Julian nickte zögernd.

„Und?“ Joe stellte seinen Rucksack ab. „Was glaubst du?“
Julian fixierte seinen Zimmergenossen. „Weißt du, Joe, du bist manchmal ein Riesenarschloch. Und mit deiner Art stößt du die Leute ganz schön vor den Kopf. Aber einen Mord ...“ Er lächelte müde. „Einen Mord traue ich dir nicht zu.“
Joe versuchte zu lächeln, aber es klemmte.
„Ich bin froh“, sagte er schließlich nach einer Pause, „dass du so darüber denkst.“
Julian trat ins Zimmer, nahm seinen Kumpel in den Arm und klopfte ihm auf die Schulter.
„Sei nicht sauer, Julian, aber ich muss sofort abhauen“, meinte Joe. „Halt die Ohren steif.“
„Warte!“, rief Julian. „Nimm das!“
Überrascht starrte Joe das Handy an.
„Na, nimm schon, Alter ... Auf der Flucht kann dir das vielleicht weiterhelfen.“ Julian grinste. „Und außerdem kann ich dich ja anrufen und dich über das informieren, was hier während deiner Abwesenheit geschieht.“
„D... danke“, sagte Joe ein wenig gerührt. „Ich war bestimmt nicht immer ein guter Zimmerkumpel, was?“
„Jetzt fang bloß nicht an zu heulen, Miesmuffel. Da ist es mir schon lieber, wenn du den ganzen Krempel aus dem Fenster wirfst.“
Joe grinste. „Keine Zeit.“

7

Immer mehr Soldaten marschierten. Sie zogen ihre Waffen und schossen auf alles, was sich bewegte. Durch die Wucht der Munitionssalven wurden die Pappfiguren regelrecht zerfetzt. Wann immer ein aufgemalter Feind mit der Waffe auf die Soldaten zielte, mähte ihn eine der Spezialwaffen um. Wenn eine Mutter mit Kinderwagen erschien oder ein verhuschter Rentner, zielten die Soldaten zwar, drückten aber nicht ab.
„Meine Herren", rief Doktor Morris und drückte auf die Pausetaste des Videorekorders. „Was Sie hier sehen, sind wackere Jungs, brave Soldaten, Männer, die ihre Pflicht gegenüber ihrem Vaterland erfüllen. Niemand weiß das besser als Sie, meine Herren."
Am Tisch saßen hochdekorierte Generäle aus Frankreich, Russland, dem Orient, England, Irland und vielen anderen Ländern. Die Übersetzung von Morris Rede in ihre jeweilige Muttersprache wurde ihnen über Kopfhörer zugeleitet.
„Der Krieg der Zukunft", begann Morris, „der Krieg der Zukunft wird elektronisch ablaufen. Unsere Überwachungssatelliten können schon heute einen Silberfisch aufspüren, der sich in Ihrem Badezimmer eingenistet hat. Wir haben die Mittel, dieses Ungeziefer direkt aus dem Weltall zu erledigen, ohne Ihre Toilette in einen Riesenkrater zu verwandeln. Wir könnten von dort aus sogar einem Freiwilligen die Zigarette aus dem Mund schießen. Das wäre ein schönes Nichtraucher-Programm, nicht wahr?"

Morris wartete mit einem schiefen Grinsen, bis sein Witz übersetzt war. Als die Generäle endlich lachten, bellte er heiser mit.
Morris lief auf und ab. „Es ist die Präzision, die uns das erlaubt. Präzision und enormes technisches Know-how. Wir sind an einem Punkt angekommen, an dem wir mit unseren Waffen auch die kleinsten Ziele treffen können. Computer bestimmen die Regeln, Computer führen den Krieg. Die Technologie setzt neue Maßstäbe in Sachen Kriegsführung. Es gibt nur noch eine Schwachstelle." Morris sah die Generäle streng an. „Und die ist der Mensch." Er spulte den Film vor, bis ein Soldat seine Waffe anlegte. An dieser Stelle drückte er auf Pause. „Der Mensch ist der größte Unsicherheitsfaktor. Wenn ein Flugzeug abstürzt, ein Zug entgleist oder eine Rakete explodiert, liegt es in den seltensten Fällen an den Maschinen. Es ist menschliches Versagen. Meist wird der Mensch von seiner Angst geleitet. Angst ist der größte Unsicherheitsfaktor. Wenn ein Bombenentschärfer schwitzt, hat er seine Aufgabe nur noch halb so gut im Griff, und die Gefahr, dass er mit der Bombe hochgeht, steigt um ein Vielfaches. Wie können wir solche Männer in Extremsituationen unterstützen?" Morris spulte den Rekorder vor, bis Soldaten in orangefarbenen Anzügen das Übungsfeld betraten. Sie feuerten auf alles: auf Gangster, Rentner, Kinder. Ohne Rücksicht auf Verluste schossen sie so lange den Übungspark kurz und klein, bis alle Apparaturen versagten. Die Männer legten ihre Waffen erst nieder, als die Anlage wie ein Trümmerfeld aussah.
Die Generäle hatten sich bei diesen letzten Bildern neu-

gierig aufgerichtet. Einer von ihnen meldete sich auf Russisch zu Wort. Gleich darauf hörte Morris in seinem Kopfhörer die Übersetzung.
„Ja, Sie haben Recht", meinte Doktor Morris. „Diese Männer sind Bestien, sie schießen ohne Unterschied auf Männer, Frauen und Kinder. Und ich bin sicher, dass sie nicht einmal einen Kanarienvogel verschonen würden. Aber, meine Herren, was haben wir eben gesehen?"
„I think", meinte einer der Befehlshaber, „they are a kind of killer cyborg."
„Cyborg?", fragte Morris nach. „Sehr gut erkannt. Ein Cyborg ist eine Mischung aus Mensch und Maschine. Zum größten Teil Maschine. Wir sind schon heute in der Lage, Cyborgs zu bauen und zu programmieren. Bleibt nur eine Frage: Wer soll das bezahlen? Ein Cyborg kostet zwischen fünf und zwölf Millionen Euro. Eine starke Truppe besteht aber aus über hundert Mann und mehr. Deshalb sage ich Ihnen: Vergessen Sie den Cyborg, überlassen Sie so etwas den Science-Fiction-Filmen."
„Und was ist die Alternative?", erkundigte sich ein Österreicher.
„Die Soldaten, die Sie eben gesehen haben, sind Menschen. Aber wir haben eine Möglichkeit gefunden, die emotionalen Felder ihres Gehirns zu erreichen. Stellen Sie sich das nur vor: Nie wieder der Angstfaktor, nie wieder ein Deserteur. Meine Herren, Sie tippen Ihre Befehle in einen Computer ein und ... BINGO!" Morris ließ den Film weiterlaufen. Die Männer in Orange nahmen nun ein Übungsdorf auseinander und schossen alle Feindattrappen über den Haufen. „Seien wir doch mal ehrlich", fuhr Morris fort. „Warum sollten Sie einen einzigen Mann im

Einsatz verlieren, nur weil er Mitleid hatte? Der menschliche Faktor, meine Herren, der menschliche Faktor hat auf einem unmenschlichen Gebiet wie dem Krieg nichts verloren. Wir führen ja heutzutage nicht mehr Krieg, um die Welt zu erobern, sondern um sie vor Tyrannen und Despoten zu schützen. Mit unserem Programm *BACK-UP* werden wir schon bald in Serie gehen. Wir sind in der Lage, bis zu 500 000 Mann zu programmieren."

„Wie weit sind Sie mit Ihrem Programm?", fragte ein Mann aus dem Publikum.

„Wir stehen praktisch in der Testphase", log Morris. Aber was sollte er tun? Noch hatte er nicht das fehlende Glied in GoTos Programm gefunden. Aber er musste jetzt schon anpreisen und verkaufen, um später zu liefern. Bald schon würde er die ganze Welt damit bedienen und Milliarden scheffeln.

„Und wie sieht das dann im Einzelnen aus?", fragte der Russe. „Schicken wir alle unsere Männer zu Ihnen?"

„Nein, nein", winkte Morris ab. „Sie erhalten von uns das Programm und eine Fortbildung für Entscheidungsträger. Sie werden in der Lage sein, höchstpersönlich die gewünschten Programmiercodes einzugeben. Und das zu einem sehr günstigen Preis."

Ein Raunen ging durch den Raum.

„Warum wollen Sie dieses Wunder-Programm nicht für teures Geld verkaufen?", fragte einer der Anwesenden.

Der Doktor seufzte.

„Vielleicht", sagte er und wischte sich eine imaginäre Träne aus dem Auge, „können wir mit *BACK-UP* in der Zukunft durch Abschreckung weitere Kriege vermeiden. Ein Traum der Menschheit würde wahr."

Einer der Generäle reichte Morris sichtlich gerührt ein Taschentuch.

* * *

Julian lag auf dem Bett.
„Wo ist er hin?", fragte Kleinschmidt keuchend im Türrahmen.
„Wer?", fragte Julian, dann sah er den zweiten Mann.
„Du weißt schon, wer", sagte Oberst Wenz.
„Hallo, Mello! Er ist gerade gegangen."
Wenz schrie: „Und warum, zum Teufel, hast du ihn nicht aufgehalten?"
Julian streckte sich auf dem Bett aus und dehnte sich genüsslich. „Du hast mir nichts davon gesagt."
„Scheiße", zischte Wenz, mit einem Satz war er bei Joes Computer. „Nein!", rief er.
„Was ist denn, Mello?"
„Das darf doch nicht wahr sein!" Der Oberst war außer sich.
„Das gibt's nicht!"
Julian glitt vom Bett und trat neugierig heran. Dann lächelte er unmerklich.
„Kann mir jemand erklären, was das soll?", rief er.
„Die Festplatte wird neu partitioniert", erklärte Julian.
„Sie wird was?", fragte Kleinschmidt.
„Na ja, neu angelegt. Dadurch wird sie platt gemacht. Gelöscht. Ende. Finito. Die totale Leere."
„Kannst du das nicht aufhalten?", fragte Wenz.
„Ich dachte, du bist vom Fach, Mello."
Wenz reagierte säuerlich: „Noch ein falsches Wort ..."
Julian ließ sich nicht beeindrucken und baute sich vor

dem Oberst auf: „Wieso? Ziehst du mir dann eins über?"
Wenz ließ seine Rechte vorschnellen.
Julian stürzte zu Boden.
„Wow", meinte er und hielt sich die blutende Nase, „du bist ja leicht aus der Reserve zu locken."
„Hatte einen Scheißtag", erklärte Wenz. „Das hast du dir selbst zuzuschreiben ..."
Kleinschmidt half Julian auf die Beine und reichte ihm ein Handtuch. Der Junge tupfte sich das Blut aus dem Gesicht.
„Du bist ein blödes Arschloch, Mello."
„Reiz ihn nicht weiter", riet ihm Kleinschmidt.
„Genau, Klugscheißer, reiz mich nicht."
Doch Julian hörte nicht auf. „Ich habe diese blöden Spielchen so satt. Was kann denn Joe schon so Wertvolles auf seinem Rechner haben?" Er deutete auf den Computer, auf dem immer noch kleine Blöcke die Fragmentierung anzeigten. „Das Einzige, was ich je gesehen habe, war, wie zwei Mäuse hier durchs Zimmer geflitzt sind."
„Wenn das alles wäre, Klugscheißer, wieso haben sich GoTo und er zusammengetan?"
Julian zuckte mit den Achseln. „Ich habe keine Ahnung."
„Seitdem ich dich kenne, Julian, hast du eine große Klappe. Du verkaufst alles und jeden. Aber statt Joe mal drei Minuten festzuhalten, lässt du ihn abhauen. Und nicht nur das: Du lässt es zu, dass er vor deinen Augen die Festplatte zerstört. Das ist ein bisschen viel Mist, findest du nicht?"
Julian betrachtete die Blutflecken auf dem Handtuch, seine Nase schmerzte. „Stell dir vor, jemand verschwindet. Und niemand weiß, wohin."

„Das brauche ich mir nicht vorzustellen. Das ist die Realität."
„Aber stell dir vor, jemand weiß, wie man ihn findet."
„Du sagtest doch, du wüsstest nicht, wo der Wunderknabe steckt."
„Weiß ich auch nicht."
Wenz begann, wieder herumzuschreien. „Was soll denn das Gefasel?"
„Er hat mein Handy."
„W... was?"
„Ich habe ihm mein Handy geschenkt, damit kann ich ihn jederzeit anrufen."
„Und orten", flüsterte Kleinschmidt. „Mit den entsprechenden Gerätschaften jedenfalls."
Sofort löste sich die aggressive Haltung des Obersts auf. Er lächelte, nein, er strahlte.
„Du bist also doch ein ganz ausgekochtes Miststück, was? Da hast du dir einen Bonus verdient ..."
Julian lächelte, das Blut lief ihm über die Lippen. „In diesem Falle will ich aber etwas anderes als Geld", sagte er und holte blitzschnell zum Gegenschlag aus.

* * *

Joe strich mit tief ins Gesicht gezogener Mütze im Bahnhof herum und studierte die Zielorte: München, Warnemünde, Leipzig, Amsterdam. Er musste untertauchen. So viel stand fest.
Aber wie? Und vor allem: wo? Er kannte wirklich niemanden. Wenn er die Stadt verließ, konnte er zwar komplett von der Bildfläche verschwinden, würde dann aber unmöglich den Mordfall aufklären.

Ein Typ, ungefähr genauso alt wie er, quatschte Joe an: „Kann ich dich mal was fragen?"
Joe zupfte nervös an seiner Mütze herum.
„Ich könnte ein bisschen Kleingeld gebrauchen, und meine kleine Jenny auch", er deutete auf einen völlig verlotterten Köter mit struppigem Fell. Das Herrchen selbst sah auch nicht mehr ganz taufrisch aus: kurz geschorenes Haar, eine bleiche Gesichtsfarbe, an Händen und Armen verschorfte Kratzer und Pickel.
„I... ich bin selber pleite", gestand Joe und wurde sich in diesem Augenblick seines größten Problems bewusst. Er setzte sich auf eine Bank und griff in seinen Rucksack. Ein kleines rotes Licht leuchtete auf, als er die schwarze Minibox einschaltete. Er stöpselte das Kabel ein und führte es durch seinen inneren Jackenärmel, bis das andere Ende, für niemanden außer ihm selbst zu sehen, in seiner rechten Handfläche lag.
So lief er zum Geldautomaten, der sich zwischen einem gut besuchten Bratwurststand und dem Bahnhofskiosk befand. Menschengedränge war immer gut. Er zögerte noch eine Weile, weil vor ihm einige Reisende Geld abhoben. Erst als niemand mehr in der Nähe war, verknüpfte Joe seine selbst gebastelte Scheckkarte mit dem Kabel.
Den Rest erledigte der Code-Knacker. Nachdem er die gewünschte Summe eingegeben hatte und das Geld tatsächlich ausbezahlt worden war, freute sich Joe. Nicht nur weil er es dringend benötigte, sondern weil mal wieder etwas reibungslos funktionierte. Zwar hatte er den Codeknacker mit Julian entwickelt, genauer: Julian hatte die Idee gehabt, und Joe hatte sie umgesetzt, um seinem Kumpel zu zeigen, was er alles draufhatte. Aber niemals

wäre er auf die Idee gekommen, dieses Gerät tatsächlich einzusetzen. Jetzt war er froh darum.
Jetzt, so dachte er, musste er als Erstes sein Aussehen verändern. Und so kaufte er sich am Bahnhof eine schwarze Hose und ein Sweatshirt mit Kapuze. Darüber zog er eine lila Windjacke. Im Drogeriemarkt legte er sich Haargel und eine Sonnenbrille zu. Die alten Klamotten stopfte er in eine Mülltonne, begab sich zur Bahnhofstoilette und stellte mit dem Gel seine Haare aufrecht. Auf diese Weise wirkten sie viel dunkler. Dann zog er seine neu erworbene orangefarbene Sonnenbrille auf. Niemand würde ihn so erkennen, außer vielleicht jemand, der ihn näher kannte. Hilfreich war auch der Umstand, dass sein Bild in den Zeitungen relativ unscharf war.
Als Joe den Bahnhof verließ, traf er auf eine Gruppe Polizisten. Die Beamten beachteten ihn jedoch gar nicht, sondern stellten ein paar Typen gegen die Wand, kontrollierten deren Ausweise und Taschen. Unter ihnen erkannte Joe auch den Jungen wieder, der ihn angebettelt hatte. Einer der Polizisten tastete ihn ab, während sich eine kleine Menschentraube um die Beteiligten der Razzia bildete. Während die Polizei den Jungen weiter durchsuchte, fiel sein Blick auf die Auslage des Zeitungsstandes.
„He“, rief er plötzlich laut. „Ich habe ihn gesehen, ich habe ihn gesehen …“
„Hör auf herumzukrakeelen“, schalt ihn einer der Beamten.
„Aber“, rief der Junge immer noch mit erhobener Stimme, „ich habe den Typen da aus der Zeitung eben noch im Bahnhof gesehn.“
„Unsinn!“

„Nein, wirklich", sagte der Bettler und lächelte, sodass jeder sein entzündetes Zahnfleisch sehen konnte. „Ich habe ihn gesehen, den Mörder!", rief er und konnte sich überhaupt nicht mehr beruhigen.
Joe rückte seine Brille zurecht und zog sich zurück.
Unterwegs zählte er sein restliches Geld, fuhr mit der S-Bahn zum Prenzlauer Berg. Schön weit weg. Dort gab es keine Schulkameraden, die ihn wieder erkennen würden. Instinktiv setzte er sich in eine volle Kneipe. Je voller, desto sicherer. Dann bestellte er sich ein reichhaltiges Frühstück.
Verwundert stellte er nach einem Blick aus einem der Fenster fest, dass er sich genau gegenüber einer Polizeistation befand. Auch nicht schlecht. Niemand würde ihn gerade hier vermuten.
Er trank Milchkaffee und las in den Zeitungen, die im Lokal auslagen, alle Berichte über sich selbst. Nach und nach leerte sich das Café. Die meisten Gäste waren Studenten, die sich jetzt in ihre Vorlesungen begaben. Schließlich saß Joe als Letzter im Raum. Nur der Barkeeper und die Kellnerin waren noch da. Eine halbe Stunde hackte er auf sein Notebook ein und brachte die alten Dateien in eine Ordnung. Weil er nicht wusste, wie er sein stundenlanges Bleiben rechtfertigen sollte, bestellte er immer wieder Wasser, Cola und verschiedene Säfte, was ihm auf die Blase schlug. Später widmete er sich noch einmal dem rätselhaften Programm. Die Kellnerin starrte immer wieder zu ihm herüber. Unsicher fuhr er sich durch die Igelfrisur. Hatte sie ihn erkannt? Würde sie die Polizei rufen? Dann verschwand Joe zum hundertsten Mal auf der Toilette und pinkelte in ein Becken, über dem

geschrieben stand: „Hier könnte Ihre Werbung stehen". Als er zurückkehrte, trat die Kellnerin an seinen Tisch und lächelte ihm zu.
„Spielst du?", fragte sie.
„W… was?"
„Stehst du auf Computerspiele?"
„Schon, warum?"
„Ich auch. Ich verbringe fast jede Nacht mit Spielen."
„Echt?" Joe lächelte überrascht.
„Was ist?"
„Na ja, ich kenne nicht so viele Mädchen, die auf Computerspiele stehen." Genau genommen kannte er gar keine Mädchen.
„Musst du gleich zur Uni?", fragte sie ihn.
„Mmh", brummte er.
„Ich studiere auch. Betriebswirtschaft. Zweites Semester."
„Ah ja", sagte Joe und fragte sich gleichzeitig, ob es dieser Antwort nicht ein wenig an Einfallsreichtum mangelte.
„Ich heiße Nadja."
„J… Joe", sagte er. Jetzt hatte er auch noch seinen richtigen Namen gesagt. *Ich bin ja so blöd.*
„Ich verdiene mir hier etwas zum Studiengeld meiner Eltern dazu."
„Ah ja, äh, tatsächlich, äh, leben deine Eltern auch hier?"
„Nein, in Braunschweig. Schön weit weg, falls du verstehst, was ich meine. Und deine Eltern?"
„Na ja, also genau genommen leben sie nicht mehr, äh, in Berlin, äh, genau genommen leben sie eigentlich überhaupt nicht mehr."

Nadja sah ihn schräg an. „Ist das jetzt so ein Scherz?", fragte sie. „Ich bin da ein wenig naiv, weißt du."
„Nein", sagte Joe betrübt, „aber es fällt mir auch nach Jahren nicht leicht zu sagen, dass sie tot sind."
„Ich verstehe", sagte sie. „Darf ich mich setzen? Ich habe gerade eine kleine Pause."
Joe nahm die Jacke und seine Tasche vom Stuhl.
„Ich spreche sonst nie Gäste an ..."
Joe schwieg irritiert.
Dann fing sein Rechner an, ungeheuer laut zu fiepen. Nadja lachte, als Joe in großer Hektik versuchte, den Lärm abzustellen. Selbst der Barkeeper hielt sich die Ohren zu. Der Akku war am Ende. Joe musste das Gerät jetzt runterfahren.
„Die Batterien sind leer", sagte er matt in das Getöse. „Ich habe schon unterm Tisch nachgesehen, es gibt hier keine Steckdose. Ich muss ihn dringend aufladen."
Endlich hörte der Lärm auf. Nadjas Blick fiel auf die Zeitung mit dem Foto. Joe konnte nur davon ablenken, indem er es eben nicht zur Seite schob.
„Schreibst du eine Arbeit?"
Joe lächelte. „Ich programmiere."
„Das ist ja spannend", bekannte sie. „Ein Spiel, oder was genau?"
„Na ja, so etwas Ähnliches."
Eine Weile schwiegen sie verlegen.
„Darf ich dich auf ein Getränk einladen?", fragte er.
„Warum nicht. Ich hole mir 'ne Cola, willst du auch eine?"
„Okay."
„Das geht aber dann aufs Haus."

Sie sprach zwei, drei Sätze mit dem Barkeeper, der gerade eine Lieferung von Getränken entgegennahm und sie alle von der Liste strich. Er nickte nur, nachdem sein Blick erst durch das menschenleere Lokal gestreift war und dann an Joe haften blieb. Joe lächelte und der Barkeeper zwinkerte ihm zu.
Sie kehrte mit den Getränken zurück.
„Mir fällt auf, dass du hier schon seit Stunden sitzt. Entweder wartest du auf jemanden oder du willst nicht nach Hause."
„Wie kommst du da drauf?"
„Na ja, man muss kein großer Detektiv sein, damit einem deine Tasche auffällt."
Er schluckte. „Ich kann nicht nach Hause."
„Hat dich deine Freundin rausgeworfen?" Sie kicherte. „Oh, tut mir Leid, ich wollte nicht so respektlos klingen."
„Ist schon okay. Aber ehrlich gesagt, stecke ich tief in der Scheiße."
Sie blickte kurz zum Barkeeper hinüber. „Heißt das, du kannst dein Frühstück nicht bezahlen?" Sie zupfte an ihrem blonden Zopf herum.
Er lachte. „Nein, nein. Geld ist nicht das Problem."
„Drogen?"
Joe winkte ab. „Nein, nein."
Sie schien erleichtert zu sein.
„Ist es was Schlimmes?"
Er nickte. „Aber es ist besser, wenn du nichts darüber weißt."
Sie sah ihn lange an, und weil Joe ihren Gesichtsausdruck nicht recht deuten konnte, fragte er: „Was ist?"
„Du hast so einen traurigen Blick", sagte sie mitfühlend.

„Du siehst aus, als könntest du Hilfe gebrauchen."
Wieder nickte Joe. Er bekam keinen Ton heraus. Nach einer Weile sagte er schließlich: „Ich weiß nicht, wohin ..."
„Du kannst gerne in meine Bude, wenn du willst. Sag mir nur eins: Brauchst du wirklich Hilfe oder sind diese traurigen Augen deine Masche?"
„Masche?" Joe verstand nicht.
„Na ja, du weißt schon, manche Jungs wollen die Mädchen damit rumkriegen ..."
Joe lief rot an. „Nein!"
„Ich mache dir einen Vorschlag: Du kannst heute Nacht bei mir auf dem Sofa schlafen, wenn du mir erzählst, was mit dir los ist."

* * *

Joe richtete sich auf. Niemand da. Er war allein. Er fuhr sich durchs Haar und gähnte. Es dauerte eine Weile, bis er sich erinnerte, an welchem Ort er sich befand. In der Wohnung der Kellnerin Nadja, wo es so merkwürdig roch ... Da entdeckte er die Räucherstäbchenpackung direkt neben sich.
„Puh", sagte er in die Leere hinein. „Das stinkt ja höllisch." Er erhob sich von dem quietschgelben Sofa und ging die Bilder an der Wand durch. Freunde, Verwandte, Bekannte. Auch ein Foto von Nadja in kurzen Lederhosen und mit blonden Zöpfen, wie sie gerade als Fünfjährige an einem Bild malte.
Gegenüber stand ihr Schreibtisch mit den Studienunterlagen und einem Computer. Und ein Regal voller Computerspiele. Adventures, Actionspiele, Rollenspiele und Simulationen. Noch nie hatte er so viele Games gesehen.

Interessiert las er die Texte auf den Schachteln. Im letzten Fach des Regals lagen jede Menge Computerspielzeitschriften, aber auch fotokopierte und zusammengetackerte Zettel mit Auflösungen und Tipps. Für einen Moment widerstand Joe der Versuchung, Nadjas Computer einzuschalten, um sich ihr aktuelles Spiel *Nightfader* anzusehen. Die Plastikhülle lag offen und leer neben der Tastatur. Er las die kleinen Schmierpapiere mit den Spielstandcodes für *Nightfader.*

Joe nahm sich einen Apfel aus der Obstschale und beschloss, schon sehr bald Nadjas trautes Heim zu verlassen. Krachend biss er in den Apfel. Es schien ja nur eine Frage der Zeit, bis Nadja herausbekam, wer er war. Und Joe fand sie einfach zu nett, um sie in den ganzen Schlamassel hineinzuziehen.

Joes Blick fiel auf das vermaledeite Notebook, dessen Lämpchen beständig grün leuchtete und anzeigte, dass sich der Rechner in der Zwischenzeit voll aufgeladen hatte. Nun fiel ihm ein, dass er vor seinem Nickerchen wieder einmal vergebens versucht hatte, *BACK-UP* zu knacken. Mindestens drei Stunden hatte er darauf verwendet, dann hatte ihn der Schlaf übermannt.

Joe warf rasch einen Blick auf den Desktop, führte den Finger über das Touchpad, um den Rechner herunterzufahren. Aber kaum hatte er das Gerät berührt, spürte er die wunderbare Magie, die von dem Gerät ausging und seinen Ehrgeiz anstachelte.

Ein klitzekleines Minütchen noch, sagte er sich, dann gebe ich auf. Endgültig.

Diesmal widmete sich Joe den Quellcodes. Obwohl ihm GoTo da so manchen Fallstrick hinterlassen hatte, gelang

es ihm schließlich, in die Scripts reinzukommen. Sein Programm *Orderline* schien im Ansatz richtig zu sein. Nur funktionierte es nicht, zumindest nicht so, wie er es sich erhofft hatte. Nur die Verbindung mit den Mäusen war gelungen, aber weiter kam er nicht.
Aber warum hat mich GoTo nach meiner Anzeige im Internet kontaktiert? Wieso? Stößt denn selbst der genialste Hacker einmal an seine Grenzen? *BACK-UP* jedenfalls lief ja auch nicht gerade wie von selbst.
„Das ist es", sagte Joe aufgeregt und hackte in die Tasten. „Wir haben dasselbe gesucht."
Joe spann den Gedanken weiter: „Was wäre aber, wenn ich mir das Beste von beiden Programmen neu zusammenstelle?", murmelte Joe. „Das Beste von beiden Welten."
Nun verglich er Zeile für Zeile die Quellcodes der beiden Programme. Zwei Reihen in GoTos Programm machten ihn stutzig.
Beinahe hätte er sie verändert, dann aber besann er sich anders und fertigte erst einmal eine Sicherheitskopie an. Für alle Fälle. Ein Backup, wie er grinsend feststellte. Er kopierte aus *Orderline* seine Programmierungscodes herüber, fuhr den Rechner runter, startete neu, rief *BACK-UP* auf und sah zu, wie das Programm hochfuhr. So weit war er ja schon hundertmal gekommen. Aber diesmal stand ihm zu seiner Überraschung die ganze Auswahlpalette tatsächlich aktiviert zur Verfügung.
„Na, also!"
Das erinnerte ihn an diese ganzen Adventuregames, die er früher gespielt hatte. Da kam er auch nur Schritt für Schritt der Lösung näher. Darin bestand ja der Reiz eines solchen Spiels.

Joe untersuchte gewissenhaft die Bedienleisten näher auf ihre Funktionen, konnte aber weder mit den Symbolen, noch mit dieser unlesbaren kryptischen Schrift etwas anfangen.
Er kratzte sich am Kopf. Noch immer verstand er nicht, worum es bei *BACK-UP* ging. Er öffnete alle mögliche Dateien, aber *BACK-UP* akzeptierte keine einzige. Joe wurde immer genervter.
Er drückte auf [F4], um alles zu beenden.
„Schrott!", zischte er.
Als er frustriert den Rechner herunterfahren wollte, erkannte er etwas Neues auf dem Desktop. Ein nagelneues Icon. Wo kam das her? Ein kleiner grüner Kopf. Ohne zu zögern, vollzog Joe einen Doppelklick.
Zunächst wurde der Bildschirm schwarz, dann flackerte es kurz. Verblüfft starrte er auf die Schrift.

`GoTo, Tag!`

„Tach auch", murmelte Joe.

`Willkommen bei BACK-UP Version 1.45.56.67!`

„Was zur Hölle ...", entfuhr es Joe.

`BACK-UP ist das erste Programm seiner Art. Wenn Sie mehr darüber erfahren wollen, laden Sie den EPSC-Motor aus der Menüebene.`

Joe suchte sofort die Menüleiste.

```
Aktivieren Sie noch zusätzlich den Sprach-
modus-Inflatdesigner im Optionsmodus. Oder
klicken Sie hier, um ihn direkt aus dem In-
ternet herunterzuladen. Achten Sie auf das
File X-Green Nord, das auf jeden Fall an-
gewählt sein muss.
```

Joe führte den Befehl wie aufgetragen aus. Aber nichts passierte.

„Und jetzt?"

```
GoTo, Tag!
```

Der Bildschirm wurde dunkel. Joe erkannte ein grünes Drei-D-Modell, das sich beständig um sich selbst drehte.
„Ein Kopf", murmelte er gedankenverloren.
Zunächst traten zwei Augen hervor, die zwinkerten, dann erschien das komplette Gebiss eines Menschen. Nach und nach füllten sich die hohlen Flächen mit Farbe. Hautfarbe.
Joe kam aus dem Staunen nicht heraus. Als dann auch noch Haare, Brauen und Wimpern hinzukamen, kniff Joe die Augen zusammen. Dieses Wesen sah genauso aus wie Paulus Wenz: GoTo!
„GoTo, Tag!", sagte der Kopf.
„GoTo?!", fragte Joe unsicher.
„Ich sehe deine Lippenbewegungen, aber ich kann dich nicht hören, komm bitte näher an das Mikro", sagte das Konterfei des Hackers.
Joe suchte das Notebook nach einem Mikrofon ab. Dann

sah er die kleine funkelnde Stelle im Deckel: die Kamera. Direkt daneben befanden sich eine Reihe kleiner Löcher, zweifellos das Mikro.
„Bist du das, GoTo?", fragte Joe nochmals mit erhobener Stimme.
„Wer sonst? Und wer bist du?"
„Ich heiße Joe."
Der Drei-D-GoTo kniff ein Auge zu. „Joe? Joe, Joe ... Wo habe ich nur den Namen schon mal gehört ..." Er grinste.
„Ah! Jetzt weiß ich es!" Er lachte.
„Was ist?"
„Du bist der Rambo aus dem Hamburger-Restaurant, richtig?"
„Richtig."
GoTo kreischte ausgelassen. „Wahnsinn! Gratulation, Partner ..."
„Was meinst du?"
„Bist du schwer von Kapee?" Wieder lächelte der Kopf auf dem Bildschirm. „Du hast *BACK-UP* tatsächlich zum Laufen gebracht. Ich kann es noch gar nicht fassen. Das ist nicht einmal mir gelungen."
„M... mir? Was heißt das?"
Forschend sah ihn GoTo an: „Na, was denkst du wohl, was es heißt?"
„Willst du etwa behaupten, dass du GoTo bist?"
„Wer soll ich denn sonst sein? Benjamin Blümchen?"
„Ja, a... aber ..."
„Gut gestammelt, Löwe. Natürlich bin ich es nicht wirklich, sondern nur ein Teil von mir. Ich habe mein Wissen gespeichert."

„Gespeichert? Du meinst …"
„Mit *BACK-UP. BACK-UP,* kapiert? Das bedeutet doch ‚Sicherheitskopie'."
Joe fiel die Kinnlade runter. „Du meinst, du hast es tatsächlich geschafft, eine Verbindung zwischen Gehirn und Computer herzustellen?"
„Ich will ehrlich sein, Joe. Die Welt hält mich für ein verdammtes Genie, aber es musste erst ein Junge wie du kommen, damit ich die Nuss knacken konnte. Ohne dich und deine Maus hätte ich das nie geschafft." Er lachte. „Bilbao, Baby, Bilbao." Er strahlte über das ganze Gesicht. „Ich wusste, dass es hinhaut, aber ich konnte es nie beweisen. Übrigens: Wo lag eigentlich der Fehler?"
Joe erklärte ihm die Geschichte mit den zwei fälschlich angelegten Reihen.
„Echt?", fragte GoTo. „Warte, ich sehe nach." Am oberen Rand schossen Zahlen über den Bildschirm.
„Tatsächlich. Du hast vollkommen Recht! Cleveres Bürschchen."
„Wie hast du das gemacht?"
„Ich habe mich seit Jahren mit der Thematik beschäftigt. Schon seit *Terminator* …"
„Du meinst die Cyborgs?"
„Stimmt genau. Auch Cybernetic Organisms genannt. Es musste doch einen Weg geben, dem Gehirn weitere Informationsquellen einzupflanzen."
„Oder umgekehrt", erklärte Joe. „Du speicherst deine Erinnerungen auf dem Computer ab."
„Das ist ja nichts Neues, Joe. Schon seit den Achtzigerjahren haben viele taube Menschen elektronische Geräte eingesetzt bekommen, die die Nerven mit dem In-

nenohr verbanden und ihnen so das Gehör wiederschenkten."
In einem Extra-Fenster erschienen nun auf dem Bildschirm Abbildungen und Grafiken zu dem Thema, eine Internet- und eine Mailadresse. Fasziniert wählte Joe die Website an, woraufhin sich der Browser öffnete und GoTos Kopf kleiner wurde.
„Spannend, was?"
„Totaler Wahnsinn", sagte Joe.
„Ehrlich gesagt, für mich auch", meinte GoTo. „Zumal ich ja heute zum ersten Mal sehen kann, dass meine Konstruktion funktioniert."
„Aber wie genau hast du das gemacht?"
„Na ja, ich habe einen Weg gefunden, an die Neuronen heranzukommen. Du weißt schon, das sind die Nervenzellen in unserem Hirn, die Signale empfangen und weiterleiten. Selbst wenn wir schlafen, arbeiten sie. In Japan ist man noch weiter: Dort können die Forscher anhand eines EEG-Ausdrucks sogar die Worte erkennen, an die ihre Testpersonen während der Messung dachten."
„Woher weißt du das alles?"
„Internet, Kleiner. Da steht einfach alles drin. Du musst nur wissen, was du suchst."
„Du meinst, es wird überall auf der Welt an Cyborgs gearbeitet?"
„Bestimmt, aber die meisten Forscher haben das Ziel, behinderten Menschen, die sich überhaupt nicht mehr mitteilen können, eine Kommunikationsmöglichkeit anzubieten."
„So wie dem Wissenschaftler Stephen Hawking?"
„Ganz genau. Eine Firma aus Amerika bietet ein Gerät an,

das schon Stirnrunzeln und Augenzwinkern deuten kann."
„Kein Wunder, dass bei mir nichts geklappt hat. Ich habe mich ja nicht annähernd so tief eingefuchst wie du."
„Du bist doch auch ohne diese Informationen ganz schön weit gekommen."
„Findest du?"
„Klar, sonst wäre ich heute nicht hier. Wollen wir mir nicht Bescheid sagen?"
„Was meinst du denn damit?"
„Na ja, dem echten GoTo. Wir müssen ihm doch zeigen, was wir hier vollbracht haben."
Joe schluckte.
„Was ist, mache ich Urlaub? Das wäre wieder einmal typisch. Da schaffst du den Durchbruch und dein Alter Ego reist auf die Kanarischen Inseln."
Joe versuchte es so schonend wie möglich: „GoTo, es fällt mir schwer, dir das zu sagen …"
„Wieso schwer? Hast du dich etwa mit mir gestritten?"
„Es ist etwas Schlimmes passiert."
„Etwas Schlimmes?"
„Etwas sehr Schlimmes."
Joe erzählte die ganze Geschichte: Wie er GoTo gefunden hatte, geflüchtet war und den Mann mit der Waffe in der Kapelle gesehen hatte.
GoTo schwieg eine Weile.
„Die ganze Welt sucht nach mir."
„Nach dir, Joe? Wieso?"
„Wir waren verabredet, du und ich. Ich kam schon früher als abgemacht, da habe ich dich gefunden. Ich habe einen Krankenwagen gerufen, aber es war zu spät."

„Hat dich dort jemand gesehen?"
„Mein Zimmergenosse Julian. Du hast mit letzter Kraft meinen Namen geschrieben, deshalb nahm ich das Notebook an mich und bin abgehaun. Alle denken, ich war es. Weil wir uns in dem Burgerrestaurant gestritten haben. Und dann habe ich auch noch meine Mäuse bei dir stehen lassen."
„Und jetzt sucht dich die Polizei."
„Stimmt. Sag mal, GoTo, du grinst so. Macht dir dein Tod nichts aus?"
„Schon. Andererseits ist doch der Tod absolut faszinierend."
„Wie meinst du das?"
„Glaubst du an ein Leben nach dem Tod, Joe?"
„Äh, ich weiß nicht ... schon irgendwie ..."
„Ich habe bisher nicht dran geglaubt und doch bin ich der lebende – lebende? – na ja, wie auch immer, Beweis. Ich lebe nach meinem Tod weiter. Alles Bilbao."
Joe starrte ihn verständnislos an.
„Pass auf, Alter. Das Leben ist nur eine Frage des Bewusstseins, klar?"
„Klar, äh, nein."
„Na ja, dein Gehirn gibt dir ein Bewusstsein. Das Bewusstsein zu leben, verstehst du das?"
„Ja, schon ..."
„Das Gehirn ist aber nur ein Organ. Wenn der Mensch stirbt, erlischt das Bewusstsein. Wie ein Motor, dem der Saft ausgeht."
„Das ist dann, als hätten wir nie gelebt."
„Für andere, die uns kennen, leben wir schon weiter. Aber für uns selbst gilt Ende, Banane, Finito, Exitus. Wenn

das Bewusstsein stirbt, gibt es kein Leben nach dem Tod."

„Ja und?"

„Ein bisschen viel für dich, was? Mit *BACK-UP* konservierst du Erinnerungen. Sie sind für die Hinterbliebenen wie ein Fotoalbum. Besser noch: Sie können mit meinem Programm jedes Mal ihren verstorbenen Freund oder Angehörigen um Rat fragen." Voller Stolz breitete GoTo seine Arme aus: „Das ist nicht nur eine sensationelle Erfindung, das ist beinahe Religion." Er lachte.

„GoTo ..."

„Was ist?"

„Du sagtest, sie können die Verstorbenen um Rat fragen."

„Ja, und?"

„GoTo, wer hat dich getötet?"

GoTos Miene gefror.

„Mit wem sprichst du?", fragte plötzlich eine Frauenstimme. Joe fuhr erschrocken herum: „Ich habe dich gar nicht kommen hören."

Nadja stand mit vollen Einkaufstüten hinter ihm. Joe sprang auf, um sie vom Notebook abzulenken. Aber sie schaffte es, die Tüten abzustellen und einen Bogen um Joe zu machen. „Was ist das?", fragte sie und starrte GoTo an, der sie anlächelte.

„Äh", machte Joe.

„Hast du das gemacht?"

„Nun ja ..."

„Ist das ein Spiel, das du programmierst?"

Verlegen nickte ihr Joe zu.

„Zeigst du mir, wie das geht?"

„Später vielleicht“, antwortete er.
Sie sprang auf. „Oh ja“, rief sie. „Ich räume nur schnell die Sachen weg, koche uns was und dann legen wir los, okay?“
Joe sah, wie GoTo die Augen verdrehte.
„Du hast mir gar nicht gesagt, dass du eine Freundin hast“, sagte er amüsiert, als sich Joe wieder setzte.
„Sie ist nicht meine Freundin“, gab Joe trotzig zurück.
GoTo zwinkerte ihm zu: „Nicht? Die ist aber wirklich nett. Und ich glaube, sie mag dich.“

8

„He, was ist denn mit deiner Nase passiert?" Quinz starrte auf das stark geschwollene und von kleinen, nervösen Adern überzogene Ding in Mellos Gesicht. „Sieht ja richtig übel aus, Mann."
„Ich will nicht drüber reden, knurrte Oberst Wenz so schlecht gelaunt wie eh und je. Mit einem Blick in die Halle fügte er hinzu: „Weißt du, ob die kleinen Scheißer vorangekommen sind?"
Quinz schüttelte den Kopf. „Keine Ahnung. Als ich heute Morgen in den Club kam, waren sie schon da. Oder noch da ..."
Oberst Wenz suchte nach einem Taschentuch, seine Nase schmerzte höllisch. „Dann werde ich mir das mal ansehen."
Übellaunig schritt der Oberst durch den Club wie durch die Räume einer Garnison, die seiner Befehlsgewalt unterstand.
Schon von weitem erkannte er seine Truppe, die sich um die Festplatte scharte.
„Moin, Jungs ..."
„Hallo, Mello", sagte Kant. „Was ist denn mit deiner Nase passiert?"
Wenz überging die Frage: „Habt ihr mein kleines Problem gelöst?"
„Noch nicht. Wir sind gerade mit der Analyse fertig geworden", erklärte Pimal.
„Und das bedeutet?"
„Wir haben die Platte durchgecheckt. Firma, Beschaffen-

heit, Betriebssystem", erläuterte Kant die letzten Arbeitsschritte.
„Und? Was dauert daran so lange?"
„Du hast uns doch zu größter Vorsicht ermahnt", entgegnete Kant. „Also beschwer dich jetzt nicht."
Wenz' Nase juckte, seine Faust auch.
Pimal grinste dämlich: „Verdammt gute Qualität, wenn du mich fragst."
„Ich frag dich aber nicht", erwiderte Mello barsch. „Was jetzt? Könnt ihr das Ding knacken oder nicht? Ich verliere langsam die Geduld."
„Na ja", meinte Pimal, „was wir jetzt versuchen, ist, die Platte zu spiegeln. Wir übertragen sie auf eine andere Festplatte."
„Wie hoch ist das Risiko?", fragte Wenz streng.
„So gut wie null", meinte Pimal und beobachtete, wie Kant die Festplatte in den Rechner montierte und mit Kabeln verknüpfte.
Oberst Wenz fingerte eine Zigarette aus der Packung und zündete sie an.
„Kann ich helfen?" Julian lächelte freundlich in die Gruppe. Doch keiner beachtete ihn.
„Du bist keine Hilfe", sagte Kant. „Echt nicht."
Julian ließ sich aber nicht beirren. „Soweit ich das sehen kann, scheint, was ihr vorhabt, kompliziert zu sein. Vielleicht habe ich ja die eine oder andere Idee."
„Hau bloß ab!", befahl Wenz barsch.
„Oh, Mello ...", stellte Julian höhnisch fest, „noch sauer, was? Schmerzt die Nase sehr?"
Mello ging sofort auf Julian los, aber ein paar Hacker von den anderen Tischen warfen sich dazwischen.

„Keine Prügeleien hier!", sagte ein pockennarbiger Typ. „Mein Equipment ist zu empfindlich."
„Besser du verpisst dich, Julian", knurrte Kant. „Klugscheißer, die nichts drauf haben, brauchen wir hier sowieso nicht."
„Genau", pflichtete Pimal bei, „alles, was du hast, ist eine riesengroße Klappe."
Julian riss sich los, brachte seine Jacke in Ordnung, suchte sich eine andere Sektion und setzte sich an einen der Rechner.
Die werden schon noch sehen, was sie davon haben, dachte er bitter und ließ die Maschine hochfahren.
Wenz hingegen tupfte seine geschwollene Nase mit einem Taschentuch ab. „Los, Jungs, an die Arbeit!"
Kant verband den Computer mit einem Oszillografen und startete das System neu.
„Er beginnt erst mal mit seiner eigenen Festplatte", erklärte er. „Sobald er oben ist, probieren wir das mit der Spiegelung."
„Seid schön vorsichtig", brummte der Oberst nervös.
Nach etwa zehn Minuten Überlegen und Abwägen begann Pimal mit dem Vorgang, während Kant ihm genau sagte, was er tun sollte, und jeden Schritt notierte.
Der Oszillograf schlug an. „Die Übertragung beginnt", sagte Pimal.
„Was dauert hier bloß so lange?", polterte der Oberst erneut los. Druck machen konnte nie schaden.
„Wir starten die Übertragung im langsamsten Modus, um jede Irritation der Platte zu vermeiden."
Die Zeit zog sich in die Länge, genau wie die auf dem Bildschirm in Prozenten angezeigte Übertragungsrate.

Aus sicherer Entfernung beobachtete der Oberst Julian, der sich um seine eigenen Sachen zu kümmern schien. Dann entdeckte Wenz in der anderen Richtung einen Kaugummi kauenden Mann und eine stark geschminkte Frau, die sich mit Quinz unterhielten. Eilig marschierte er auf sie zu. Als er näher trat, hörte er nur Wortfetzen von Quinz, dessen Stimme sofort erstarb, als er ihn kommen sah.
„Darf ich stören?"
„Sicher", sagte die Frau. „Mein Name ist Paula Bredow und das ist Martin Lokau."
Sie gaben sich die Hand.
„Meine Name ist Wenz."
Die beiden Beamten sahen sich überrascht an: Das war der Name des Toten.
„Wir sind von der Polizei und untersuchen den Mord an dem Hacker GoTo. Kannten Sie ihn?"
„Ja, äh, nein", Wenz winkte ab. Verflucht, wie konnte er nur so blöd sein, ausgerechnet den Bullen in die Arme zu laufen!
„Ja oder nein? Was denn jetzt?", fragte der Polizist, der mit offenem Mund auf seinem Kaugummi herumschmatzte.
„Ich habe schon von ihm gehört, ja. Aber selbst kennen gelernt? Nein." Nervös grinste der Oberst vor sich hin. „Und wie kommen Sie darauf, dass ihn hier jemand kennt?"
„Er war schließlich eine Kultfigur. Kennen Sie diesen Knaben?" Aufmerksam betrachtete er das Foto von Joe, das sie ihm unter die schmerzende Nase hielt. „Nein, nie gesehen, du, Quinz?"

Quinz grinste. „Habe den Knaben nie gesehen. Sag ich doch die ganze Zeit."
Paula Bredow trat weiter in den Raum hinein. „Was genau passiert hier eigentlich?", fragte sie.
„Äh", machte Quinz.
„Ist das nicht so ein Hacker-Treffpunkt – und illegal?", erkundigte sich Lokau.
„Früher mal", antwortete der Oberst verbindlich.
„Ich kann mich erinnern", sagte Paula Bredow. „Damals wurde hier alles geschlossen, weil ein hoher Beamter sämtliche Hacker für seine Zwecke einspannte. Doktor Morris, richtig?"
„Das ist lange her", winkte Quinz ab.
„Heute ist alles sauber", erklärte Wenz sofort.
„Wer finanziert das alles?"
„Zum einen die Sirrom Cooperation. Außerdem wird der *Computer Underground Club* offiziell vom Senat gefördert. Ist so 'ne Art Jugendförderungsprogramm."
„Das heißt, die Jungs kennen sich alle hervorragend aus?"
„Ja."
„Auch mit Netzwerken und ihren Problemen?" Eine fette Blase bildete sich vor Lokaus Mund und zerplatzte.
Die Bredow sah böse zu ihrem Assistenten hinüber. Rasch spuckte er das Kaugummi in die Hand. „Und mit Computern, die ständig streiken?"
Die Kommissarin sah immer noch grimmig zu ihm herüber. Jetzt verstand er. Diese Typen brauchten nichts von ihrem lausigen Polizeicomputer zu wissen.
„Und was genau ist Ihre Funktion?"
„Also ich, äh, leite den Club", bemerkte Quinz.

„Und ich gehöre zum Förderungsausschuss des Clubs." Der Oberst lächelte, was seine Nase noch röter glühen ließ. „Ich lege aber gerne selbst Hand an und interessiere mich für Computer und Jugendarbeit."
„Gut", meinte die Bredow abschließend und lief los, „dann können wir doch sicher einen Rundgang machen."
Wenz und Quinz blieben unschlüssig stehen.
„Was ist, meine Herren? Ich möchte gerne eine Führung."
„Also gut ..."
Zu viert marschierten sie durch die Halle, wobei Quinz mehr schlecht als recht die Gegebenheiten des Ortes erläuterte. Es dauerte einige Minuten, bis er in seiner Standardrede Fuß gefasst hatte und einigermaßen sicher referierte.
„... und hier sind auch unsere neuesten Rechner, die wir im Rahmen eines EU-Projektes zusammen mit Digitalkameras zur Verfügung gestellt bekamen."
Sie standen vor einem Pulk von Rechnern und konnten sich selbst auf dem Bildschirm sehen. Ähnlich wie in einem dieser Fernsehgeschäfte, die eine Videokamera auf ihre Kunden richten.
„Sehr interessant", meinte die Bredow und suchte immer wieder den Blickkontakt zu ihrem Kollegen. Dann blieb sie unvermittelt stehen und hielt den jugendlichen Hackern ein Foto von Joe unter die Nase. Oberst Wenz versuchte, ruhig zu bleiben, während Quinz immer nervöser wurde.
Schließlich liefen sie zur Publishing-Ecke. Quinz sagte: „Hier erstellen die Jugendlichen Schülerzeitungen, aber auch eigene Werke."

„Was ist mit Ihrer Nase?“, fragte Lokau den Oberst beiläufig.
„Allergie.“ Wenz tupfte sie wieder ab. Er zeigte auf das Foto. „Den Jungen auf dem Bild, den Sie hier suchen, kennt keiner von uns.“
„Doch“, sagte die Bredow. „Er kennt ihn.“ Die beiden Männer blickten in die Richtung ihres ausgestreckten Zeigefingers und sahen Julian. Auch das noch. Gemeinsam traten sie zu ihm hin.
„So sehen wir uns wieder“, sagte die Kommissarin und reichte Julian die Hand.
„Sie kennen sich?“, fragte Wenz ungläubig.
„Sicher, Julian hat schließlich den Toten gefunden.“
„Ja, ja, ich erinnere mich“, murmelte der Oberst sichtlich unwohl. „Stand so in der Zeitung.“
„Haben Sie schon eine Spur?“, erkundigte sich Julian.
„Wir bleiben am Ball“, erklärte Lokau. „Sonst wären wir nicht hier. Und du, hast du schon etwas von deinem Freund Joe gehört?“
Julian sah blitzschnell zu Wenz. „Nein, er ist wie vom Erdboden verschluckt“, sagte er dann.
„Es ist wirklich schwer, etwas herauszufinden“, meinte Lokau und stieg auf Julians Tisch. „Meine Damen und Herren, darf ich um Ihre Aufmerksamkeit bitten?“, rief er. Überrascht hielten die meisten Hacker inne.
„Wir sind von der Polizei und haben ein paar Fragen.“
Sofort begann ein allgemeiner Aufruhr, viele der jungen Hacker zogen sich ihre Kapuzen und Mützen über den Kopf und sausten auf den Ausgang zu.
„Das wollte ich schon immer mal sehen“, meinte Lokau und stieg wieder vom Tisch herunter.

„Das haben Sie jetzt davon“, meinte Wenz großspurig. „Jetzt sind sie Ihnen wie die Hühner davongelaufen. Hacker sind sehr scheu, wissen Sie …“
„Wirklich?“, fragte Paula Bredow. „Dann dürfte es sie ja beruhigen, dass vor der Tür, dem Hintereingang und den Toilettenfenstern ein paar Beamte stehen, die jetzt die Personalien dieser Spezialisten überprüfen werden. Vielleicht kennt ja doch einer von ihnen Joe.“
„Dann viel Glück!“, meinte der Oberst bitter und sah dem Polizisten-Duo hinterher.
Als die beiden außer Hörweite waren, ging der Oberst auf Julian zu.
„Du hast sie auf unsere Spur gebracht, Bürschchen …“
Julian blieb unerschrocken stehen. Der Oberst würde ihm doch keine scheuern, während die Polizei im Hause war.
„Das habe ich nicht …“
„Und wie sind die auf den Club gekommen?“
„Woher soll ich das wissen? Vielleicht haben sie ja bei GoTo was gefunden.“
„Nee“, schimpfte Wenz. „Nee. Jemand hat sie auf die Spur gebracht. Und ich glaube, du warst das.“
„Blödsinn, Mello, was sollte ich denn davon haben?“
„Das frage ich mich auch, Junge.“ Dann unterbrach der Oberst das Gespräch. Kant und Pimal waren in heller Aufregung. Raschen Schrittes trat Wenz an ihren Tisch. Julian folgte ihnen.
„Was ist passiert?“, fragte der Oberst und sah sich um: Von den Bullen keine Spur.
„Es funktioniert. Wir haben die Datenübertragung abgeschlossen.“
„Wir machen jetzt einen Neustart.“

Der Bildschirm erlosch, dann erschienen Zahlen und Buchstaben. Nach wenigen Minuten klickte sich Kant durch die neu aufgebaute Benutzeroberfläche. „Hier ist es …"
Wenz starrte das Icon an. Darunter stand *BACK-UP*. Endlich, dachte er, endlich. „Okay, legt los."
Kant klickte doppelt und ein ihnen unbekanntes Programm wurde aufgerufen. Bereits an dieser Stelle war der Rechner bei GoTo in den Selbstzerstörungsmodus verfallen. Aber hier schnurrte das Maschinchen, als wäre es dazu geboren. Dann erschien ein Fenster.

```
Kann BACK-UP.INI nicht finden.
```

Dann noch eins:

```
Kann MOWTEL.EXE nicht finden.
```

Und dann:

```
Kann PSIOR.DEF nicht finden.

Kann ENZO.PTR nicht finden.
Kann PELI.PTR nicht finden.
Kann OSID.PTR nicht finden.
Kann EXKO.PTR nicht finden.
Kann INST.PTR nicht finden.
Kann POLK.PTR nicht finden.
Kann KSTD.PTR nicht finden.
Kann MJWW.PTR nicht finden.
Kann PENT.PTR nicht finden.
Kann SHUN.PTR nicht finden.
```

Schließlich ratterten hunderte von Fehlermeldungen über den Bildschirm. Kein menschliches Auge hätte ihnen folgen können.
„Moment mal", sagte Kant. Doch der Rechner reagierte nicht auf seine Befehle. Erschrocken sah er den erbleichenden Oberst an. „Er reagiert nicht, Mello ..."
„Was jetzt?", kreischte Pimal.
Endlose Zahlenreihen schossen über den Schirm.
Oberst Wenz schwankte. „Was geschieht hier?"
„I... ich weiß nicht", stotterte Pimal.
„Ich ahne etwas", sagte Kant leise.
„Was?", fragte Wenz matt. „Was?"
„Etwas saugt das System leer."
„*Etwas*?", wiederholte Wenz laut.
„Sieht so aus."
„Auf welcher Platte, du Genie?"
„Auf unserer", meinte Kant. „Mach dir keine Sorgen."
In diesem Moment erlosch der Bildschirm. Schwarz. Nur ein Cursorzeichen blinkte.
„Was immer es war", erklärte Kant fasziniert, „es hat alle Daten gelöscht."
„Gib mir die andere Platte", befahl Wenz mit zitternder Stimme.
„Es kann nichts passieren."
„Tu's einfach."
Kant machte einen Schritt auf das offene Gehäuse des Rechners zu, als der plötzlich aus seinem Inneren Funken schlug. Gleichzeitig begann die Beleuchtung zu flimmern, stabilisierte sich aber nach wenigen Minuten wieder.
„Und jetzt?", wunderte sich Pimal.
Dann krachte es im Rechner, Funken sprühten.

„Zieh den Stecker raus“, rief Wenz. „Na los, mach schon ...“
Kant gehorchte. Es war vorbei. Eine Weile standen sie schweigend und nachdenklich da.
„Gib mir das Ding!“
Kant baute die Platte aus und reichte sie Wenz.
„Was hast du vor, Mello?“, fragte Julian.
Doch der Oberst antwortete nicht, sondern suchte den nächsten Computer, riss die Ummantelung ab, zerrte die Festplatte heraus, stopfte GoTos Exemplar ein, machte die Steckerverbindungen klar und schaltete den Rechner ein, der aber nicht reagierte.
„Ich verstehe das nicht“, jammerte Kant.
„Ich schon“, meinte der Oberst. „Du hast unsere letzte Chance zerstört. Du Vollidiot.“
Pimal zog sich langsam aus dem Blickfeld zurück. Kant wusste zwar nicht, was ihn jetzt erwartete, aber es konnte nichts Gutes sein.
„M... Mello“, sagte er leise.
Oberst Wenz stürmte auf Julian zu. Die Hacker starrten ihn entsetzt an.
„Du wirst mich doch nicht schlagen, während die Polizei noch im Haus ist, oder?“ Julian grinste schief.
Wenz brüllte: „Wie lautet die Nummer?“
„Was?“
Der Oberst gab Julian eine schallende Ohrfeige, die ihn halb zu Boden riss.
„Wie lautet die Nummer von deinem Handy, du Arschloch?“

* * *

Nachdem er Nadja beim Zwiebelschneiden geholfen hatte, als sie ein Tandoori-Chicken zubereitete, deckte er den Tisch. Joe staunte über die ungewohnte Vertraulichkeit, mit der Nadja ihn behandelte. Sie sprachen sehr lange miteinander. Dabei fiel Joe auf, dass er eigentlich niemanden kannte, mit dem er so offen reden konnte. Nadja traf im Gespräch immer wieder den Nagel auf den Kopf. Sie sagte Dinge, die er auch so empfand, aber niemals vorher ausgesprochen hatte.

Kurz nach Mitternacht saßen sie plötzlich nebeneinander vor *Nightfader.* Offenbar hatte Nadja GoTo vergessen. Zum Glück. Schließlich fiel es Joe alles andere als leicht, den einzigen Menschen, der ihm half, anlügen zu müssen. Nadja führte mit großem Stolz vor, wie weit sie bei diesem Spiel gekommen war. Dann spürte Joe ein leises Kribbeln. Zunächst kratzte er sich am Arm. Rasch merkte er jedoch, dass dieses Gefühl von Nadja ausging. Wenn er sich ihr beim Spiel näherte, noch ohne sie zu berühren, bekam er eine Gänsehaut. Sein Herz setzte für einen Moment aus, als sie seine Hand beim Spiel berührte. GoTo hatte Recht: Nadja war toll. Wenige Stunden später lag Nadja im Bett und Joe warf auf dem Sofa seine Decke von sich. Er öffnete den Deckel des Notebooks. Vielleicht konnte er ja noch etwas Nützliches tun.

„Ja, Meister?", fragte GoTo scherzhaft.

„Du bist noch wach?", flüsterte Joe.

„Was denkst du denn?" GoTo verdrehte die Augen. „Du solltest doch wissen, dass ich ein Teil des Computers bin. Und du?"

„I... ich kann nicht schlafen. Ich weiß nicht, wo wir anfangen sollen ..."

„Ich habe darüber nachgedacht."
„Worüber?"
„Darüber, wer mich auf dem Gewissen hat. Wenn wir das herausfinden, schlagen wir zwei Fliegen mit einer Klappe." Er wies mit einem virtuellen Rohrstock auf eine Tafel auf dem Bildschirm.

```
1. Der Mörder wird gefasst.
2. Deine Unschuld wird bewiesen.
```

„Klingt gut", sagte Joe.
„Also, ich bin noch mal alle gespeicherten Erinnerungen durchgegangen. Der Tod muss für mich sehr überraschend gekommen sein."
Joe fragte verblüfft: „Aber wie kommst du denn auf einmal darauf?"
„Na ja, am unseligen Abend meines Ablebens habe ich zum letzten Mal mein Wissen, meinen Geist und meine Unsicherheit abgespeichert."
„Unsicherheit?"
GoTo grinste. „Ich würde es ja eher als Angst beschreiben. Aber eins ist komisch …"
„Was denn?"
„Ich weiß noch, was Angst ist. Aber ich kann sie nicht mehr spüren. Das ist wirklich faszinierend."
„Du hattest Angst?"
„Riesengroße Angst."
„Aber wovor denn?"
„Kennst du Doktor Morris?"
Joe dachte nach. „Es klingelt bei mir, aber ich kann den Namen nicht zuordnen."

„Dann halte ich dir mal ein kleines Referat. Kannst du den Stecker in die Telefonbuchse stecken? Wir könnten eine Prise Internet gebrauchen."
„Klar!" Joe suchte das Telefon, zog den Stecker aus der Wand und fügte das Modemkabel ein.
„Bilbao", sagte GoTo. „So. Nur einen Moment, ich suche noch Bilder und Materialien heraus."
Joe wandte sich um. Es war still, Nadja schien zu schlafen.
„Pass auf, wenn ich eines gewaltsamen Todes gestorben bin, dann nimm dich vor diesem Mann in Acht. Er ist der Hauptverdächtige."
Joe sah das Bild eines Mannes mit dicken Tränensäcken und einem dunklen Schnurrbart.
„Das ist Rudyard Paul Morris, auch bekannt als Doktor Morris. Er arbeitete eine Weile für den *Neo Nachrichtendienst.*"
„Das Bild kommt mir bekannt vor."
„Morris ist einer, der über Leichen geht. In der Hierarchie des Geheimdienstes stieg er rasch auf. Er hatte sich auf Hacker spezialisiert."
„Und daher kennst du ihn?"
„Er hat mich gelinkt. Morris leitete damals den *Computer Underground Club.*"
„Diesen Hacker-Treff?"
„Du kennst ihn?"
„Ich war noch nie dort, aber ein Freund von mir. Julian. Er wollte mich immer dorthin mitnehmen."
„Ich weiß zwar nicht, wie das heute ist, aber damals diente der Club als Fischbecken."
„Fischbecken?"
„Morris suchte dort nach jungen und unverbrauchten

Talenten. Was ist besser, als zum Angeln rauszufahren?"
„Ins Fischgeschäft einsteigen?"
„Sehr witzig. Mit dieser Form von Humor hast du bei mir jetzt 0,001 Punkte gemacht. Hör zu, besser als den richtigen See zu finden, ist es, einen eigenen Teich anzulegen. Morris gründete den Club, schuf Arbeitsbedingungen, auf die junge Hacker abfahren, und suchte sich dann die Besten aus. Das Ganze läuft auch noch unter dem Etikett ‚Jugendarbeit'."
„Das heißt, der Club ist nur Tarnung für seine schmutzigen Geschäfte?"
„Genau. Jetzt hast du es geschnallt. Die Kids selber ahnen nicht, dass sie zu Marionetten dieses Mannes werden."
Auf dem Bildschirm erschienen verschiedene Fotos des Doktors.
„Sieht irgendwie wahnsinnig aus."
„Du sagst es, Joe. Der Mann leidet an Größenwahn. Er zwingt junge Hacker, für ihn zu arbeiten."
„Zwingen? Wie denn?"
„Nehmen wir den Fall GoTo, du erinnerst dich? Nein, also pass auf: Ich hatte mal einen Codeknacker für Bankautomaten entworfen, damit kannst du von jedem Konto abheben." Joe unterbrach sofort: „Ich habe auch so etwas entwickelt."
„Wir sind uns eben doch ähnlich, Kleiner. Aber von wem kam die Idee? Von dir?"
Joe dachte nach. „Von Julian."
„A-ha!"
„Was soll denn dieses ‚A-ha'?"
„Dass dich dein Freund reinlegen wollte."
Joe wies das empört von sich. „Das glaube ich nicht."

„Warte nur ab. Ich bekam die Idee zum Codeknacker damals zugespielt. Meine Güte, ich war so naiv. Ich dachte, ich hätte mir das tatsächlich allein ausgedacht. Ich war so stolz und wollte nur beweisen, dass das Programm funktionierte. Geld interessierte mich nicht. Beim Test klappte alles, dann aber rückte die Polizei vor der Bank an. Morris' Falle schnappte zu. So machte er es mit allen: Nach der Festnahme bearbeitet er dich erst mal gründlich im Knast. Wenn du ihn das erste Mal zu Gesicht bekommst, bist du schon fix und fertig und wünschst dir nur noch, nach Hause gehen zu können. Und dann zieht der Doktor sein Kaninchen aus dem Hut."
„Und das wäre?"
„Er erpresst dich. Entweder du arbeitest für ihn oder du wanderst auf absehbare Zeit in den Knast. Und glaub mir, Joe, nach der ersten Nacht im Gefängnis wärst du sogar bereit, den Teufel zu reiten!"
„Also hast du für ihn gearbeitet."
„Stimmt genau. Aber nur eine Weile. Währenddessen habe ich Belastungsmaterial gegen ihn gesammelt."
Auf dem Bildschirm erschienen verschiedene Monitore. Überall war Morris zu sehen. Und GoTo.
„Jetzt fällt es mir wieder ein. Damit bist du doch berühmt geworden. Das ging durch alle Zeitungen. Du warst damals ein Held."
„Na, wir wollen mal nicht übertreiben. Sieh dir dieses Video an!" Alte Aufnahmen von Morris erschienen auf dem Bildschirm:

Wir werden es den Politikern schon noch zeigen. Wenn ich erst einmal die Leitung des NND *habe, wird nach meiner*

Pfeife getanzt. Und die alten Säcke können ihren Griesbrei im Altenheim futtern.

„Sympathischer Kerl", sagte Joe.
„Ein echtes Herzchen."
Morris holte wieder aus: *„So zahlt der Staat uns auch noch dafür, dass wir Hacker ausbilden."* Er lachte.
Joe unterbrach erneut: „Das sind die Beweise von damals. Aber ich verstehe immer noch nicht, wieso er dich umbringen sollte."
„Ich habe damals sein System auffliegen lassen, indem ich das ganze Material der Staatsanwaltschaft überreicht habe: Dokumente über seine illegalen Geschäfte, seine Erpressungen und geschäftlichen Netzwerke. Denn er benutzte alle nur, um mit anderen Ländern lukrative Geschäfte abzuschließen."
Joe strahlte. „Klasse Leistung. Und was ist aus Morris geworden?"
„Keine Ahnung. Nur eins weiß ich: Er bekam nur eine Bewährungsstrafe. Der Mann hat eben verdammt gute Connections. Es würde mich nicht wundern, wenn er immer noch das Gleiche macht, nur unter einem anderen Namen."
„Also will er sich rächen."
„Ja. Es gibt allerdings noch einen Knackpunkt."
„Und der wäre?"
„*BACK-UP* stammt in seinen Grundfunktionen gar nicht von mir."
„W… was?"
„Die Ansätze stammen von Morris. Er wollte mich immer zwingen, es für ihn zu entwickeln."

„Du hast es gestohlen?", wunderte sich Joe.
GoTo grinste. „Gestohlen? Wenn du es so nennen willst. Der Mann hat schließlich meine Jugend zerstört. Ich wollte nichts als Rache."
„Wenn er nicht inhaftiert wurde, hat er dich bestimmt gesucht."
„Vermutlich. Ich habe aber meinen Namen geändert und bin untergetaucht."
„Darum also der falsche Name."
„Stimmt. Aber ich bin sicher, dass er mich nicht vergessen hat."
„Und wozu wollte er *BACK-UP* entwickeln?"
„Genau gesagt hat er es mir nie. Aber glaub mir, mit Morris ist nicht zu spaßen. Die Spur führt auf jeden Fall zu ihm."
„Aber wie sollen wir den Doktor finden?"
„Vielleicht findest du einen Hinweis im *Computer Underground Club.*"
Wieder huschten Artikel und Bilder über den Schirm.
„Warte!", rief Joe.
„Was ist?"
„Geh mal zurück."
„Wohin?"
„Weiter, weiter, weiter. Stopp."
Aufmerksam betrachtete Joe ein Foto. „Wer ist das?"
„Das ist Mello."
„Ich kenne diesen Mann."
„Was? Hat er zu dir auch Kontakt aufgenommen?"
„Nein, aber ich habe ihn im Internat gesehen. Er hatte eine Waffe in der Hand." Joe erzählte die ganze Geschichte von seiner Stippvisite in der Kapelle.

„Tja, Oberst Wenz, genannt Mello. Er ist die rechte Hand von Morris. Und er kennt keine Gnade. Früher hat er die Hacker angeworben. Von ihm hatte ich auch den Codeknacker ..."
„Und du meinst, er hat Julian diese Idee verkauft?"
„Mit Sicherheit. Wir sind auf der richtigen Spur", freute sich GoTo. „Vor dem musst du dich tierisch in Acht nehmen."
„Solange ich hier bei Nadja bin, sind wir sicher."
„Ja, aber du kannst nichts unternehmen. Am besten schläfst du mal eine Ecke. Morgen sehen wir weiter. Was ist? Du siehst so bedrückt aus."
„Was tun wir, wenn *BACK-UP* Morris in die Hände fällt?"
„Das wäre das Ende. Die anderen Versionen dürften sich bei Ladeversuchen selbst zerstört haben. Es gibt nur noch eine Version und die hast du. Also rette uns."
Joe nickte und lief zum Stecker.
„Hee, was tust du?"
„Ich zieh den Telefonstecker."
„Bist du verrückt? Soll ich mich zu Tode langweilen? Lass mich noch ein paar Informationen im Internet sammeln. Der Letzte von uns macht das Licht aus."
„Gute Nacht."
Joe legte sich im Dunkeln wieder hin. Wenn sie GoTo umgebracht hatten, würden sie kaum zögern, ihn ebenfalls auszuschalten. Er musste unbedingt noch eine Version von *BACK-UP* erstellen. Aber wie? Die Festplatte würde für zwei Versionen nicht reichen. Ein Geräusch unterbrach seine Gedankengänge. Jemand schlich sich in die Küche. Erschrocken schaltete er das Licht an.
„Nadja?"

Sie stand in einem blauen Morgenmantel und dicken Socken da und lächelte. „Ich wollte etwas trinken, habe ich dich geweckt?"
Sie schenkte ihnen beiden Cola ein. Irgendetwas schien sie zu bedrücken. Vielleicht hatte sie ihn und GoTo belauscht. Angriff ist immer besser als Verteidigung, dachte Joe und sagte: „Du weißt Bescheid, nicht wahr?"
Sie nickte. „Alle halten dich für einen Mörder."
Fast erleichtert sah er an sich herab. „Ich weiß." Nach einer Pause. „Und du?"
„Ich?"
„Ja."
„Ich weiß nicht, was ich denken soll."
„Was sagt dir denn dein Gefühl?"
Sie hielt sich kurz die Augen zu und lächelte. „Das sag ich dir lieber nicht."

9

Die Kommissarin verlor selten die Geduld. Dabei gab es einige Herausforderungen: die ständige Parkplatzsuche vor dem Polizeigebäude und die endlos langen Schlangen in der Kantine, die sie mit Beherrschung meisterte. Verhöre führte sie mit einer Kaltblütigkeit, die selbst ausgebildeten Psychologen unheimlich war. Und selbst verschmierte Wimperntusche konnte ihr nicht wirklich den Tag verderben. Es gab nur eins, was die Kommissarin zum Wahnsinn trieb: lahme Computer.

„Verdammt!“, schrie Paula Bredow und knallte die Maus auf den Tisch.

„He, he“, mahnte ihr Kollege Lokau. „Wer wird denn am frühen Morgen schon fluchen?“

„Ach, wenn aber auch nichts mehr geht ...“ Wütend schlug sie auf den Tisch.

„Paula, reiß dich zusammen.“

„Wie denn, wenn der Computer nicht geht? Außerdem bin ich völlig geschafft.“

„Und ich erst. Diese Hacker gestern haben mir den letzten Nerv geraubt.“

„Mir auch. Aber heute geht es weiter. Der Teil von ihnen, der sich nicht ausweisen konnte, durfte eine angenehme Nacht in U-Haft verbringen.“

Die Bredow starrte Martin an. Er kannte diesen Blick. Seine Chefin sah durch ihn hindurch.

„Weißt du was, Martin?“

„Ja?“

„Das war gestern ein komischer Kauz.“

„Wen meinst du? Quinz? Der hat schon mal gesessen."
„Ich meinte eigentlich den anderen." Überrascht sah sie auf.
„Für was saß er ein?"
„Einbruch."
„Sieh an. Und der wird dann Leiter des *Computer Underground Clubs?* Da ist doch was faul."
„Meine Rede."
„Mir fiel nur dieser Wenz unangenehm auf. Kam mir irgendwie bekannt vor. Und er wirkte sehr nervös."
„Ich werde mal ein wenig im Computer forschen", schlug Lokau vor.
Sofort brüllte die Bredow los: „Was glaubst du denn, was ich die ganze Zeit versuche?"
„Lass mich mal", meinte ihr Kollege versöhnlich.
„Was soll diese Tour? Glaubst du, dass ich als Frau zu blöd dafür bin?"
„N... nein", stammelte Lokau.
„Hört sich aber verdammt danach an."
„Paula, du nervst. Soll ich den Computer jetzt checken, oder nicht?"
Paula Bredow rollte mit ihrem Bürostuhl zur Seite. „Bitte, Herr und Meister."
„Hör auf mit dem Mist!" Rasch tippte er Befehle ein. „Was ist denn hier los?" Wieder hackte er in die Tasten. „Mann, wieso geht das nicht? Ich versuch's mal an meinem Rechner."
Aber auch dort kam er nicht weiter. Sämtliche Programme im Netzwerk funktionierten nicht mehr.
„Und?", fragte Paula.
„Was *und?",* bellte er.

„Entschuldigst du dich?"
„Nee, ich hole jetzt diesen Julian, der machte doch einen ganz netten und kompetenten Eindruck."
Lokau ließ sich in seinen Sessel plumpsen und wählte die Nummer der Technik, für alle Fälle.
„Ja, hier Lokau, Dezernat 10. Wir kommen nicht in ... Ach so. Ja, und wie lange dauert das?" Genervt legte er auf. „Wie sollen wir denn da arbeiten?"
Die Kommissarin prüfte kurz ihren Lippenstift am Waschbeckenspiegel. „Fangen wir mit diesem Wenz an. Ich bin sicher, wir finden auch ohne Netzwerkadministrator heraus, was es mit diesem Typen auf sich hat."
„Ach ja?", fragte Lokau höhnisch. „Und wie soll das gehen?"
„Per Hand, du gehst einfach ins Archiv und forschst mal ein bisschen herum. Wirst du das bewältigen?"
„Du bist so irre witzig, Paula."
Das Telefon klingelte.
„Ja?" Lokaus Blick verfinsterte sich. „WAS?"
Gespannt rückte die Bredow näher heran.
„Sie haben uns angegriffen", meinte er matt.
„Wer? Die Marsmenschen?"
„Nein, die Hacker. Jemand ist durch unsere Firewall eingedrungen und hat unser komplettes System platt gemacht."
„Na, super, dann sollten wir uns noch mal die Hacker vornehmen."
„Bist du verrückt, deswegen gibt's doch das ganze Theater."
„Da bleibt nur ein Weg, das herauszufinden", meinte Paula. „Ich rufe unseren V-Mann an."

„Toller V-Mann", stellte Lokau grimmig fest. „Schließlich hat der uns doch zu diesem blöden Club geschickt."
„Das stimmt, aber wir haben doch voll ins Schwarze getroffen. Dort laufen zwielichtige Gestalten herum. Und einen Tag später legen sie unsere Rechner lahm."
„Und woher wissen wir, dass wir unserem V-Mann noch vertrauen können?"
„Ich verstehe nicht, worauf du hinauswillst, Martin."
„Na ja, er könnte ja gleichzeitig für die andere Seite arbeiten. Und außerdem ist er gar nicht unser V-Mann."
Paula Bredow erhob sich und schloss die Glastür zu ihrem Büro. „Bist du verrückt, hier so herumzuschreien?"
„Du weißt genau, dass er für die andere Abteilung hier im Haus arbeitet."
„Na und?"
„Wenn ich da nicht einen Freund hätte, wüssten wir einen Dreck."
Höhnisch sah ihn die Polizistin an. „Aber wir haben Kontakt zu ihm, und wenn wir es nicht übertreiben, kann er uns nur nützen."
„Ich wiederhole: Was ist, wenn er uns linkt?"
„Wie kommst du darauf?"
„Weil er behauptet, Joe den Mord nicht zuzutrauen."
„Das tun wir doch auch nicht."
„Ich bin mir da nicht mehr so sicher."

* * *

Morris Herz schlug wild, als er alleine war. Er stürzte zur Sprechanlage und schrie: „Holen Sie mir Wenz!"
Wenige Minuten später erschien der Oberst.
„Guten Morgen, Doktor Morris."

„Was sollte an diesem Morgen wohl gut sein, Sie Riesenrindvieh!"
„Täusche ich mich oder sind Sie gereizt?"
„Es bleibt nicht viel Zeit. Haben Sie das Programm geknackt?"
Der Oberst verzog das Gesicht. Die Aua-Frage.
„Die zweite Festplatte ist leider nur noch Schrott."
„Was?" Morris fasste sich mit beiden Händen an den Kopf.
„Die Jungs im Club haben ganze Arbeit geleistet. Die Hacker dieser Periode sind mit Abstand das dämlichste Pack, das wir je rekrutiert haben."
„Aber wir hatten doch diesen hoffnungsvollen Jungen, Julian."
Morris sah entweder die geschwollene Nase seines Mitarbeiters nicht oder er wollte sie nicht sehen.
„Dieser Julian ist ein Blender. Er hat uns immer etwas vorgemacht. In Wirklichkeit", fuhr Wenz fort, „gab er die Ergebnisse seines Freundes als die seinen aus."
„Dann schaffen Sie diesen Freund her."
„Schon dabei. Es handelt sich übrigens um eben den Jungen, der von der Polizei gesucht wird."
„Wie? Dieser Joe?"
„Genau."
Morris klatschte in die Hände. „Das ist ja perfekt."
„Das sehe ich genauso."
„Aber, Oberst, wenn die zweite Festplatte auch hinüber ist, woher sollen wir dann das Programm bekommen?"
„Julian erzählte, dass Joe bei ihrem letzten Zusammentreffen ein Notebook bei sich hatte. Ich habe Grund zu der Annahme, dass sich darauf alles Nötige befindet."

„Dann finden Sie den Jungen. Und bringen Sie ihn mir. Und zwar heute noch, sonst sind wir alle erledigt."
„Kein Problem."
„Wie? Kein Problem?"
„Ich habe seine Handynummer."
„Worauf warten Sie dann noch? Rufen Sie ihn an!"

* * *

Seit Stunden surfte er durchs Internet und sammelte fieberhaft Informationen. Jedes File, das GoTo fand, steckte er in einen entsprechenden Ordner. Am Ende musste er die Auflösung ändern, um seine Sammlung auch optisch vor sich zu haben. Dabei galt seine ganze Aufmerksamkeit dem Feind: Doktor Morris. Zunächst ging GoTo über die Suchmaschinen, dann aber bekam er Appetit auf mehr und noch mehr. Und so begann er, systematisch Morris' Lebenslauf über die Ämter auszuspionieren. Die Statistiken aller Einwohnermeldeämter lagen jetzt voll digitalisiert und für GoTo gut sichtbar vor. So wusste er Bescheid über das Geburtsdatum des Doktors, dessen schulischen Werdegang, seine Umzüge, seine verschiedenen Wohnorte, seine Studienfächer: Betriebswirtschaftslehre, Jura und Medizin. GoTo las aufmerksam seine Doktorarbeit über Kopftransplantationen. Morris hatte einige dieser Operationen an Hunden und Affen durchgeführt – ohne Erfolg. Die Tiere waren elendig eingegangen.
Dann fand GoTo ein längeres Dokument, das ihn, soweit dies in seiner elektronischen Existenzform noch möglich war, erschütterte. *Berichte über GoTo,* las er.

* * *

Ich bin sicher, schrieb der Doktor, dass GoTo als Hacker über alle Maßen hinaus begabt ist. Was mich nachdenklich stimmt, ist seine Besessenheit. Um ihn zu lenken, bediene ich mich eines uralten Instruments: der Angst. Denn GoTo ist stark und besitzt einen unbändigen Willen, den ich um jeden Preis brechen muss. Er soll mich als seinen Herrn und Meister anerkennen.

„Dreckskerl!", schimpfte GoTo und überflog den Rest. Hier erfuhr er, wie Mello auf ihn angesetzt wurde und wie die beiden ihn, GoTo, immer stärker in ihre kriminellen Taten verstrickten.
Sie manipulierten Informationen, belogen ihn und unterschlugen Mails, wie die seiner damaligen Freundin aus Frankfurt. Und er hatte immer gedacht, sie interessiere sich nicht mehr für ihn!
Seit den Prozessen arbeitete Doktor Morris nicht mehr länger für den Staat. Und mit wem er sich eingelassen hatte, erfuhr GoTo aus den E-Mails im Rechner des Doktors. Das würde reichen, um ihn diesmal tatsächlich ins Gefängnis zu bringen. Ob E-Mails allerdings als Beweise zugelassen waren? Dennoch war GoTo sehr zufrieden. Er riss immer mehr Informationen an sich.
Einen Moment hielt er inne. Kein Mensch konnte so viele Informationen aufnehmen! Du bist aber kein Mensch mehr, sagte sich GoTo. Gierig sog er Informationen wie Strom aus der Steckdose.
Am Schluss durchstöberte er die Militärzentralen dieser Welt, um ihre Waffentechnik und ihre Strategien zu durchleuchten. Auch die Geheimdienste waren vor ihm nicht sicher, und er machte sich einen Spaß daraus, in

Thailand, Mexiko und Norwegen Alarm im Sicherheitssystem auszulösen. Die heftigen Reaktionen, die er über Digitalkameras sehen konnte, erheiterten ihn.
So langsam dämmerte es ihm, weshalb Morris schon immer so scharf auf *BACK-UP* gewesen war: Durch das Programm blieb einem nichts auf der Welt verborgen.
Eine Weile tauchte er in die unterschiedlichsten Nachschlagewerke ein und erfuhr zum Beispiel, wie die Heizsysteme der verschiedenen Städte funktionierten. Eine Karte jeder Stadt stand ihm zur Verfügung. Von den Straßen über die Stromverteilung bis zur Kanalisation kannte er jeden Winkel. Die Komplexität des Lebens außerhalb des Computers wurde ihm deutlicher als je zuvor. Die Welt bestand für ihn nicht länger aus Menschen und Landschaften, sondern aus exakten Informationen, aus Zahlen und Codes. Wenig später musste GoTo feststellen, dass sein Speicherplatz mehr und mehr abnahm. Irgendwann würde er so voll sein, dass es nicht einmal zum Löschen von Dateien reichen würde, weil die Sicherheitskopien, die dabei automatisch erstellt wurden, kostbaren Platz raubten. Also begann er, die bisherigen Daten nach Wichtigkeit zu sortieren und zu komprimieren. Und als die vorhandenen Programme nicht die für ihn befriedigende kleinste Größe erreichten, schrieb er sich verschiedene Tools, die die Programme auf den Umfang eines Atoms reduzierten. Hunderte von Ideen schossen GoTo durch den Kopf, und während ein Teil von ihm weiter Informationen aus dem Netz herunterlud, übernahm ein anderer Teil die Organisation des Materials, und wieder ein anderer Teil schrieb pausenlos Tools. Rasch erreichte er auch hier die Grenzen der eigenen Festplatte.

Nun meldete sich GoTo auf den unterschiedlichsten Websites an und begann, sein Wissen kreuz und quer auf der Welt zu hosten. Rasch nahm die Anzahl der in ihm gespeicherten Dateien ab. Nur die Akte Morris blieb auf dem Desktop.

Gegen Morgen begriff GoTo, dass er selbst dazu in der Lage war, Fernseh- und Radionachrichten abzuhören und alle Nationalsprachen in für ihn verständliche Codes zu verwandeln. Das galt auch für den Polizeifunk. Und es gelang ihm zu seiner Verblüffung auch mit Telefonaten. Er hielt kurz inne. Ihm fiel etwas ein.

Worum ging es ihm eigentlich? Rache? Auch. Morris sollte bezahlen: für seine Verbrechen und vor allem für GoTos Tod. Auf der anderen Seite konnte er sich nur schwer eingestehen, dass sein Tod das Beste war, was ihm hatte passieren können. Was GoTo in den letzten Stunden seit seinem Erwachen erlebt hatte, übertraf alle Träume eines Hackers.

Jetzt aber fühlte er die Verpflichtung: Joe.

Er musste die Polizei von der Unschuld des Jungen überzeugen! So unternahm GoTo eine weitere Reise, die ihn direkt in den Polizeiapparat führte. Bei der Gelegenheit entfernte er die Blockade, die die Hacker dort ausgelöst hatten. Nun begann GoTo, Joes ganzes Umfeld anzuzapfen. So hörte er die Telefone von Morris und Mello ab, ebenso alle Apparate des Internats und der Polizei. Gegen acht Uhr morgens registrierte er, dass jemand im Internat die Telefonzelle benutzte. Auch wenn er niemanden sehen konnte, begann er, die Worte umzurechnen. Dann hörte er ein Tuten. Gleichzeitig nahm er ein Zwitschern wahr, das im Raum des Notebooks erschallte. Er

benutzte die Außenkamera und sah einen nackten Jungen durch die Gegend stolpern.
„0101010100000101010101“, sagte der Junge. Und es dauerte eine Weile, bis GoTo merkte, dass Joe direkt vor ihm stand.
„Hallo?“
„Joe? Alles klar?“
GoTo zeichnete alles auf.
„J… Julian?“
„Habe ich dich geweckt?“ GoTo sah in das verschlafene Gesicht des Jungen. Und als er die Tiefenschärfe seiner Kamera veränderte, konnte er durch die geöffnete Tür bis ins Schlafzimmer sehen. Nadja schlief dort.
Kein Zweifel, sagte sich GoTo amüsiert, da läuft was.
„Nein, ist schon okay.“
„Joe, ich habe etwas über den Mörder rausgefunden.“
GoTo runzelte die Stirn. Was wurde da gespielt?
„Was denn?“
„Das kann ich dir am Telefon nicht sagen. Wir müssen uns treffen.“
„Okay.“
„Wo bist du jetzt?“ GoTo hörte in der Leitung das Atmen einer dritten Person. Mello, dachte er.
„Das möchte ich nicht sagen“, sagte Joe und rieb sich ein Auge.
„Dann bestimm du den Treffpunkt. Sagen wir in zwei Stunden?“
Da war noch etwas. GoTo wusste nicht, was. Er spürte ein Ziehen. Oder mehr ein Hochfrequenz-Pfeifen. Ach, du Schreck!, dachte er. Sie peilen ihn an.
Er wollte Joe warnen, bekam aber keinen Ton raus. Joe

hatte die Lautstärke heruntergedreht. „Alles muss man selber machen", schimpfte GoTo und begann, intern die Regler zu bedienen. Aber bis er Joe auf sich aufmerksam machen konnte, war das Telefonat schon beendet.
„Mist!"
GoTo blieb nicht viel Zeit. Nun war Joe wieder auf dem Weg ins Schlafzimmer. Als er sich hinlegte, schlang Nadja ihre Arme um ihn. GoTo nahm mit Erstaunen einen kurzen verschlafenen Kuss zur Kenntnis und verdrehte die Augen. Er begann zu rufen, aber Joe schien ihn nicht zu hören. So knöpfte GoTo sich Nadjas Wohnung vor und analysierte die Stromkreise. Schließlich fand er das Schlafzimmer und versuchte es mit Lichtsignalen, aber offensichtlich ratzte Joe wieder ganz fest. Also wagte sich GoTo an die elektrischen Lattenroste und fuhr das Kopfteil des Betts nach oben. Joe drehte sich brummend um. Das war's.
Meine Güte, dachte GoTo. Ich werde doch wohl den Jungen aufrütteln können! Ihm kam eine Idee. Er schaltete den Radiowecker ein. Die bayerische Blasmusik hätte selbst Tote zum Leben erweckt. Schlaftrunken drückte Joe auf alle Knöpfe, aber die Marschmusik wurde immer lauter. Immerhin richtete er sich auf, aber was tat er?
„Nein", entfuhr es GoTo, „nein!"
Joe hatte den Stecker gezogen.
„Gut, du willst den Kampf", meinte GoTo und schaltete im Wohnzimmer alle Lichter an, den Fernseher, das Radio, den Ventilator, den Staubsauger. In der Küche rumpelte die Waschmaschine.
„Was ist denn hier los?", fragte Nadja.
„Na typisch", murmelte GoTo. „Jetzt schickt er die Frau vor."

„Was meinst du?“, fragte Joe und küsste Nadja sanft auf die Wange.
„Na, das hier ...“ Sie deutete auf das Tohuwabohu. Erst jetzt schien es Joe zu dämmern.
Er schaltete Fernseher und Radio aus, danach auch die anderen Geräte.
„Was war das?“, fragte Nadja.
„Ich weiß nicht“, meinte Joe, aber GoTo konnte sehen, dass er bereits in seine Richtung starrte. Na also! „Werde sie los, Mann!“, dachte GoTo.
Joe nahm Nadja in den Arm. „Ich würde dich gerne verwöhnen“, sagte er. „Ich meine Brötchen, Blumen. Eben das volle Programm. Aber das geht nicht.“ Er sah sie an. „Wenn ich jetzt rausgehe, schnappen sie mich gleich.“
„Dann lass mich doch fürs Frühstück einkaufen“, meinte Nadja und küsste ihn aufs Ohr. „Macht mir nichts aus.“
Als sie zehn Minuten später die Wohnung verließ, raste Joe zum Computer. „Was machst du denn da?“, fragte er. „Bist du vollkommen irre geworden?“
„Vertrau mir“, sagte GoTo. „Hol die Steckerverbindungen, die du bei den Mäusen benutzt hast.“
„W... was?“
„Tu's einfach“, schrie GoTo. „Wir haben keine Zeit zu verlieren.“
Joe durchsuchte die Tasche und schloss die Instrumente an. „Jetzt sieh dir diesen Plan an.“
Joe las ab, wo überall er an seinem Körper die Platinen befestigen sollte.
„Okay“, sagte Joe und gehorchte.
„Ich habe jetzt deinen Puls“, meldete GoTo.
„Und nun?“

„Klappe!“ Auf dem Bildschirm erschien ein pochendes Signal.
„Was ist das?“
„Dein Herz. Aber ich suche deine Hirnströme.“ Am Ende sah die Bildschirmoberfläche wie ein medizinischer Apparat aus.
„Bist du bereit?“
„Zu was denn?“, fragte Joe. Dann sah er auf einmal einen gewaltigen Blitz.

10

Nadja stieg im Jogginganzug die Treppen hinauf. In der einen Hand hielt sie eine Brötchentüte. Vor ihrer Tür stand ein kräftiger Typ.
„Guten Morgen“, sagte der Mann ausgesprochen freundlich. Doch instinktiv machte Nadja kehrt und sprang die Treppen wieder hinab. Unten versperrten ihr zwei weitere Männer den Weg.
„Mein Name ist Wenz“, sagte der Oberst, als Nadja von den beiden hinaufgeschoben wurde. „Ich bitte um Ihren Wohnungsschlüssel.“
Nadja versuchte, sich aus dem Griff der Fremden zu befreien. Aber es gelang ihr nicht. Wenz fasste in die Seitentasche ihrer Jacke und nahm den Schlüssel heraus.
„Er ist da drin, nicht wahr?“
Sie gab keine Antwort.
„Spielt auch keine Rolle, du blöde Kuh“, sagte er und sperrte die Tür leise auf, während einer seiner Männer Nadja auf ein Zeichen hin den Mund zuhielt.
Wenz schlich mit gezogener Waffe hinein. Er entdeckte Joe und ließ die Waffe sinken. Der Junge lag reglos auf dem Fußboden. Wenz kniete nieder und untersuchte ihn.
„Was hast du mit ihm gemacht?“, schrie er Nadja an, der Tränen in die Augen stiegen.
„Bringt das Mädchen ins Auto“, befahl er barsch. „Danach holt ihr den Jungen.“ Er selbst griff sich das Notebook. „Zu guter Letzt geht doch noch alles gut aus“, murmelte er.

* * *

Nadja saß mit zugeklebtem Mund auf der Rückbank eines Kleinbusses. Mellos Männer bewachten sie. Joe lag auf der anderen Bank. Was war mit ihm geschehen? Wenz thronte neben dem Fahrer. Sie durchquerten die halbe Stadt. Nach knapp dreißig Minuten erreichten sie ein Gelände, das mit dem Namen *Sirrom Cooperation* ausgeschildert war. Der Bus fuhr in eine Garage. Die Männer verschwanden mit Joe, während Wenz Nadja durch endlose Gänge bis zu einem Büroraum führte.
„Setzen Sie sich!" Der Oberst musterte die junge Frau von oben bis unten. „Warten Sie hier!", sagte er dann.
Er verließ den Raum. Nadja hörte, wie er abschloss. Sie stürmte zum Fenster, aber das ließ sich nicht öffnen. Sie sah sich um. Eine kleine Bibliothek. In den wandhohen Regalen standen überwiegend medizinische Bücher. Schließlich knöpfte sie sich den Schreibtisch vor. Er war leer, die Schubladen waren verschlossen. Selbst der Computer ließ sich nicht einschalten.
Genervt setzte sie sich wieder hin, bis sie registrierte, dass sie noch immer den Jogginganzug trug und in ihrer Hand die Tüten mit den Brötchen hielt. Sie hatte nicht die leiseste Ahnung, wo sie war. Vielleicht gehörten die Männer ja zur Polizei. Ihr Verhalten allerdings sprach nicht dafür.
Ein älterer Herr mit Schnurrbart betrat den Raum.
„Ich fürchte", begann er, „ich muss mich für das rüpelhafte Benehmen meines Mitarbeiters entschuldigen." Er reichte ihr die Hand.
Perplex schüttelte sie diese.
„Mein Name ist Doktor Morris. Und Sie sind Nadja, richtig?"

Sie nickte.
Morris entfernte das Klebeband von Nadjas Mund und legte dann behutsam das Notebook auf seinen Tisch.
„Das gehört Joe", rief die junge Frau empört.
„Nicht ganz", meinte Morris spöttisch lächelnd. „Sicher, der Rechner gehört ihm und den kann er auch gerne zurückhaben, aber das Programm hier drauf", er klopfte mit der flachen Hand auf den Deckel des Gehäuses, „gehört mir."
„Was für ein Programm?"
„Sie sind nicht eingeweiht?", wunderte sich Morris und strich sich mit der Hand über den Schnurrbart.
„Eingeweiht?"
„Seit wann kennen Sie Joe?"
„Ist das ein Verhör?"
„Nur ein paar Fragen, für alle Fälle."
Sie sah in die dunklen Augen des Mannes. „Ich möchte einen Anwalt."
Morris lachte laut. „Gesetzt den Fall, junges Fräulein, dass Sie eben gewaltsam entführt wurden und dies ein Verbrechen ist … Was bringt Sie nur auf die Idee, dass Sie als Opfer irgendwelche Rechte haben? Eine sehr romantische Vorstellung, finden Sie nicht?"
„Wer sind Sie?"
„Wie ich bereits erwähnte, heiße ich Morris, Doktor Morris. Ich diene einer Organisation, die im Verborgenen agiert. Wir arbeiten für verschiedene Regierungen. Hauptsächlich im Computerbereich."
„Von mir erfahren Sie nichts."
„Hören Sie, Nadja, zwingen Sie mich nicht zu drastischen Maßnahmen. Beantworten Sie einfach meine Fragen …"

„Sonst werden Sie mich töten?"
Morris lachte. „Aber nein, nein. Ich werde doch Sie nicht töten. Ich bitte Sie! Ich bin doch kein Unmensch." Er sah sie ernst an: „Ich werde natürlich Joe töten."
„Wo ist er?"
„Nebenan."
„Was haben Sie mit ihm gemacht?"
„Entschuldigen Sie, junge Dame, aber was haben Sie mit ihm gemacht? Wir haben ihn schließlich ohnmächtig gefunden."
Nadja schwieg.
„Nachdem die Spielregeln jetzt klar sind, mein Fräulein, können wir vielleicht noch einmal von vorne beginnen, okay?"
Er lief um den Tisch herum zu ihr herüber.
„Also: Seit wann kennen Sie Joe?"
Nadja schwieg. „Reden Sie!", brüllte er. „Seit wann kennen Sie Joe?"
„Seit gestern", gestand sie leise.
„Das soll ich Ihnen glauben?"
„Es ist die Wahrheit."
„Erzählen Sie."
„Ich arbeite als Kellnerin. Gestern habe ich ihn zu mir eingeladen."
„Wussten Sie, dass er wegen Mordes gesucht wird?"
„Er war es nicht."
„Was Sie nicht sagen! Beantworten Sie meine Frage."
Sie holte Luft. „Zuerst wusste ich es nicht."
„Und wann haben Sie es gemerkt?"
„Auf dem Heimweg sah ich sein Foto in der U-Bahn."
„Und hatten Sie keine Angst?"

„Nein“, antwortete sie resolut.
„Sagt Ihnen der Name *BACK-UP* etwas?“
„Nein.“
„Haben Sie jemals von einem Mann namens GoTo gehört?“
„Das ist der Tote.“
„Ich weiß selber, dass er tot ist, Sie vorlautes Ding. Aber kannten Sie ihn zu Lebzeiten?“
„Nein.“
„Sind Sie ihm jemals begegnet?“
„Jedenfalls nicht bewusst.“
„Das ist alles andere als ergiebig, Nadja.“
„Ich muss ja auch keine Quizshow gewinnen.“
„Da stimme ich Ihnen zu“, sagte Morris. Ihre kecke Art gefiel ihm.
„Warum fragen Sie mich über Dinge aus, von denen ich nichts weiß?“
„Weil ich mich erst einmal davon überzeugen will, wie tief Sie in der Sache drinstecken ...“
„Was für eine Sache?“
Morris begann, an seinen Fingern aufzuzählen: „Mord, Diebstahl, illegales Eindringen in fremde Netze, kurz ‚Hacken‘ genannt, und was Sie selbst betrifft: Beihilfe zu Mord, Diebstahl und Hacker-Aktivitäten.“
Morris schloss eine der Schubladen auf und zog eine Spritze daraus hervor.
„Was tun Sie?“, fragte Nadja erschrocken.
„Keine Angst, das wird Sie entspannen. Machen Sie Ihren Arm frei.“ Langsam zog der Doktor die Spritze mit einer Flüssigkeit auf.
Nadja begann zu schreien.

„Wenn Sie sich weiter widersetzen, muss ich Gewalt anwenden."
Er packte ihren rechten Arm, desinfizierte ihre Armbeuge und injizierte ihr die Flüssigkeit.

* * *

Die Kaffeemaschine streikte. Der Filter war verstopft, deshalb lief der frisch gebrühte Kaffee in Schlieren über die Arbeitsplatte.
Martin Lokau fluchte, nahm sich einen Lappen und begann zu wischen. Aber das machte alles nur noch schlimmer, denn er verteilte auf diese Weise nur schwarzbraune Flüssigkeit über die gesamte Platte. Er hielt den übervollen und tropfenden Filterbehälter weit von seinem Körper weg und trug ihn zum Müll, schaffte es aber dennoch, sich die Hose gründlich zu versauen.
„Verdammter Mist!", schimpfte der Polizist. Er befeuchtete ein sauberes Handtuch und begann, an seinem Hosenbein herumzuschrubben. Das Ergebnis war ein Riesenfleck, wo sich zuvor nur ein Klecks befunden hatte.
Wütend spülte er den Filter ab, reinigte den Rest, so gut es ging, und half mit ein paar Formularen nach.
„Wie sieht's denn hier aus?", fragte die Bredow in der kleinen Eckküche amüsiert.
„Nie wieder koche ich Kaffee", zischte ihr Kollege zwischen den Zähnen hervor.
„Mensch, Martin!", meinte die Kommissarin. „Wie willst du jemals meinen Posten erben, wenn du nicht einmal Kaffee kochen kannst! Das musst du als Mann bringen, sonst vergeigst du die Qualifikation zur Führungskraft."
„Manchmal geht mir dein feministisches Gequatsche

echt auf den Sack." Lokau steckte ein neues Papier in den Filter und löffelte Kaffee hinein.
Sie deutete ungerührt auf sein Bein: „Wieso? Offensichtlich ging dein Kaffee in die Hosen."
„Ich lach mich gleich schlapp", schnauzte Martin. „Wenn du mich nicht losgeschickt hättest, wäre das nicht passiert."
„Hör mal, Martin, ein Rat unter Kollegen: Besonders in Stresssituationen musst du kühl und souverän reagieren."
„Ach lass mich doch", schnauzte er und verließ die Küche. Paula Bredow brachte das Werk zu Ende, schenkte zwei Tassen heißen Kaffee ein und trug sie rasch zum Schreibtisch.
„Hier, mein Kaffeekönig ..."
Aber Martin Lokau reagierte nicht mehr. Irritiert starrte er auf seinen Bildschirm.
„Das ist ja wirklich seltsam", meinte er.
„Was denn?", fragte die Kommissarin und schlürfte ihr Getränk.
„Der Computer geht wieder."
Die Bredow drückte bei sich ein paar Knöpfe.
„Stimmt. Das ist wirklich seltsam. Werden eben doch schneller, unsere Jungs."
Lokau klickte herum. „Zu früh gefreut!", schimpfte er verärgert.
„Was ist denn jetzt schon wieder?"
„Sieh dir das an, Paula ..."
Sie lief auf seine Seite.
„Wer ist das?"
Beide starrten auf das Konterfei eines Mannes mit Schnurrbart.

„Ich habe dieses Bild nicht aufgerufen“, entschuldigte sich Lokau.
Die Bredow schob ihn zur Seite. „Lass mich mal versuchen …“ Sie klickte auf das Foto und sofort wurden alle Informationen über Doktor Morris aufgerufen. GoTo hatte zwar ganze Arbeit geleistet, aber die große Anzahl der Dateien ließ die Polizeirechner erlahmen.
„Ich fürchte, das ist ein neuer Hackerangriff“, vermutete die Kommissarin. „Ich drucke das mal aus …“
„Bist du verrückt? Das sind ja über dreitausend Seiten“, schimpfte Lokau.
„Jemand möchte, dass wir das lesen“, sagte sie. „Und es ist der einzige Weg herauszufinden, warum er es will.“
„Dann hole ich mal einen Zentner frisches Papier“, murrte Martin Lokau.
Dann stieß die Kommissarin einen Pfiff aus.
„Was ist?“
„Schau dir das an.“
Auch auf ihrem Bildschirm war ein Gesicht abgebildet. Ein Gesicht, das beide kannten.
„Das ist doch Wenz“, meinte Lokau.
„Stimmt, unser nervöser Mann im *Computer Underground Club*.“
Sie klickte wieder doppelt und erhielt reichlich Material, allerdings weitaus weniger als bei dem Kerl auf dem anderen Rechner.
Martin Lokau blickte zum Drucker, der Seite für Seite in langen Intervallen ausspuckte. „Ich habe es ja schon immer gesagt, der Drucker ist zu langsam.“
„Fangen wir an“, befahl die Bredow und schnappte sich die ersten Blätter.

Konzentriert begann sie zu lesen.
„Was ist?", fragte Lokau.
„Lies selbst …"
Martin überflog die wenigen Seiten. „Das ist ja eine fertige Anklageschrift."
„Aber nicht von der Staatsanwaltschaft. Wer hat unterschrieben?" Lokau scrollte bis zum Textende. „Das gibt's doch nicht!"
„Was denn?"
„Da steht GoTo. Senden Tote jetzt schon E-Mails?"
„Keine Ahnung, aber hier steht auch einiges über Wenz. Der Junge hat ganz schön Dreck am Stecken."
„Was ich hier lese, reicht für mehr als einen Haftbefehl."
Innerhalb kürzester Zeit versank das Duo im Papierwust.
„Ruf schon mal den Staatsanwalt."
Als Lokau zum Hörer greifen wollte, klingelte das Telefon.
„Hallo?" Er sah sie streng an. „Für dich."
„Ja bitte?"
„Ich bin's …"
Die Bredow formte mit ihrem Zeige- und Mittelfinger ein V. Lokau verstand: Der V-Mann. Die Stimme kam ihm bekannt vor.
„Ich habe schlechte Neuigkeiten, Frau Kommissarin."
„Schießen Sie los!"
„Sie haben Joe."
„Wer hat Joe?"
„Die Typen. Tun Sie mir bitte einen Gefallen, Sie müssen sie aus dem Verkehr ziehen."
„Warum wenden Sie sich nicht an Ihre Abteilung?"
„Hören Sie", die Stimme klang drängend, „ich kann nicht warten, bis unsere Leute loslegen. Sie warten im-

mer noch auf genügend Beweise. Aber bis sie die haben, ist Joe tot."
„Wo steckt er?"
„In der *Sirrom Cooperation*. Pankow. Sie müssen Joe unbedingt da rausholen. Er hat mit dem Tod des Hackers nichts zu tun."
„Wer dann?"
„Doktor Morris und Oberst Wenz."
Die Kommissarin sah sich die Bilder auf den Ausdrucken an. „Können Sie das beweisen?"
„Wenz hat mir alles erzählt. Es war ein Unfall. Aber das können Sie ihn alles selbst fragen. Beeilen Sie sich! Es geht um Leben und Tod. Und noch etwas ..."
„Ja?"
„Sie haben niemals mit mir gesprochen."
Lange starrte die Bredow ihren Kollegen an.
„Was ist?", fragte er.
„Ich habe so einen üblen Geschmack im Mund. Hast du vielleicht ein Kaugummi?"

„Sie sind mit Abstand das größte Riesenrindvieh, das mir je begegnet ist", schrie Doktor Morris außer sich.
Wenz saß am Schreibtisch und hackte nervös in die Tasten. Der tragbare Computer schien wie leer gefegt.
„Ich verstehe das nicht", murmelte er. „Ich verstehe das wirklich nicht."
„Und jetzt, Sie Superhirn?"
„Der Junge muss die Daten beseitigt haben."
Sie verließen das Büro und suchten Joe in seiner Zelle auf.
„Er scheint noch immer zu schlafen", stellte Wenz besorgt fest.

„Wecken Sie ihn. Los! Er muss uns sagen, wo sich *BACK-UP* befindet."
Der Oberst schüttelte den Jungen. In der Zwischenzeit hatte ihm jemand einen Jogging-Anzug übergestreift.
„Guten Morgen, Doktor Morris. Guten Morgen, Mello!"
„Woher kennt er unsere Namen? Haben Sie mit ihm gesprochen, Wenz?"
„Kein Wort. Ich sehe ihn zum ersten Mal in wachem Zustand."
Joe fühlte sich ungeheuer stark und kräftig, als hätte er die letzten Jahre trainiert. Mental. Er sah die beiden Männer an und wusste schlagartig alles über sie: Wer sie waren, was sie taten und wie er gegen sie vorgehen konnte.
„Wir haben nach dir gesucht, Junge", sagte Morris.
Joe sah die beiden schweigend an.
„Wo ist *BACK-UP?"*, fragte Morris.
Joe lächelte.
„Grins nicht so, wenn der Doktor dich was fragt", schnauzte Wenz. „Sag ihm lieber, was er von dir wissen will."
„Reg dich nicht auf, Mello, das schadet deinem Blutdruck. Rauch lieber noch eine Montana-Zigarette mit Filter."
Wenz hielt verblüfft inne. „Woher ... Ich werde dir deine Frechheiten schon ..." Der Oberst holte zum Schlag aus. Joe erhob sich, bereit, den Schlag abzuwehren.
„Warten Sie!", rief Morris lächelnd, der sofort spürte, dass Joe ein mindestens ebenso außergewöhnlicher Junge war wie damals GoTo. „Wir wollen keine Schlägerei", meinte er versöhnlich. „Am Ende bekommst du einen

deiner berühmten Wutanfälle, die in allen Zeitungen erwähnt werden."
„Das ist vorbei, Doktor Morris", sagte Joe ruhig.
Morris begann, auf und ab zu gehen.
„So, so, das ist also vorbei." Er nickte langsam. „Du kennst *BACK-UP*, stimmt's?"
„Ich kenne *BACK-UP*."
„Wo steckt das Programm?"
„Ich werde auf keinen Fall in Anwesenheit von Mello darüber reden", sagte Joe und begann, herzhaft zu gähnen.
„Was glaubst du, wer du bist, dass du Bedingungen stellen kannst?", knurrte Wenz, aber Morris unterbrach ihn.
„Raus mit Ihnen, Oberst, raus!"
„Aber ..."
„Kein Aber, verschwinden Sie! Kümmern Sie sich um unseren anderen Gast."
Zögernd verließ Wenz den Raum.
„So, mein Lieber, jetzt sind wir unter uns. Wo steckt das Programm?"
Joe deutete auf das Notebook, das Morris mitgebracht hatte.
„Spiel bloß keine Spielchen mit mir, Joe. Wenz hat dem Kasten nicht einmal einen Piep entlocken können."
„Es ist auf dem Notebook", beharrte er.
„Unsinn, wir haben es eben durchforstet. Da ist nichts drauf."
„Doch, allerdings als versteckte Datei."
„Eine so große Datei hätten wir gefunden."
„Es ist keine große Datei. Sämtliche Ordner sind im Internet verteilt."
„Dann zeig mir, wo!"

„Erst einmal, werter Doktor, würde ich gern einen kleinen Rundgang durch Ihr Labor machen."
„Und wozu?"
„Sie müssen wissen, ich bin ein großer Bewunderer Ihrer Arbeit."
„Blödsinn."
„*BACK-UP* hätte ohne Ihre Hilfe nicht entstehen können."
„Das ist allerdings wahr."
„Doktor Morris, ich werde Ihnen *BACK-UP* persönlich vorführen."
„Du meinst, es funktioniert jetzt fehlerfrei?"
„Bestens, Doktor. Es übertrifft alle Erwartungen. Transplantationen sind kein Thema mehr. Programmierung ist alles. Das spart Geld und bringt Geld ein. Jede Menge Geld."
„Dann zeige es mir."
„Erst möchte ich den Stand Ihrer Arbeit kennen lernen."
Joe grinste. „Als Forscherkollege."
Doktor Morris sah auf die Uhr. „Dafür ist jetzt keine Zeit."
„Ich bestimme die Zeit", sagte Joe.
„Unsinn, du kleiner Hosenscheißer!" Morris zog seine Waffe.
„Schießen Sie ruhig", meinte Joe. „Die einzige komplette Fassung von *BACK-UP* befindet sich genau hier drin."
Er tippte gegen seine Stirn. „Los, schießen Sie schon! Dann ist die letzte Kopie ein für alle Mal verschwunden."
Joe erhob sich. „Gehen wir in Ihr Labor."
Morris ließ die Waffe sinken. „Also gut."
Morris steckte seinen Schlüssel in das Fahrstuhlschloss. Sie fuhren direkt ins dritte Untergeschoss.
Dort standen nicht nur hochmoderne Computer, son-

dern auch jede Menge Behältnisse. Joe erkannte einen Hund wieder, an dem ein zweiter Kopf angenäht war. Dann fiel ihm ein, dass nicht er etwas wieder erkannte, sondern GoTo. Er war schon einmal in diesem Raum gewesen. In einiger Entfernung sah er einen operierten Affen, der ebenso wie der Hund in Formaldehyd schwamm.
„Seit ich denken kann, suche ich nach einem Weg, Wissen in großen Mengen zu konservieren", dozierte Morris. „Zunächst hatte ich große Pläne. Ich wollte den perfekten Menschen schaffen. Dazu habe ich diese Experimente durchgeführt."
„Das ist doch nicht alles, oder?", fragte Joe, merkte aber, dass die Fragen nicht von ihm selbst kamen. Zudem fielen ihm zwei weitere Sachen auf: Er kannte plötzlich weder Angst noch Wut.
Morris sah ihn an.
„Das ist nicht alles", wiederholte Joe.
„Nein, natürlich nicht."
Joe deutete auf die Metalltür. „Schließen Sie auf."
Doktor Morris zögerte einen Moment. Dann klapperte er mit seinem Schlüsselbund herum und sperrte die Tür auf.
Sie liefen einen Flur entlang. Nach einigen Metern deutete Joe auf eine verschlossene Tür. „Öffnen", sagte er nur.
Morris gehorchte. Joe wusste, was ihn erwartete, dennoch verschlug es ihm die Sprache. In diesem Zimmer befanden sich hunderte von Gehirnen in Gläsern, die mit Elektroden verbunden waren.
„Die stammen aus einer früheren Schaffensperiode", sagte Morris. „Aus einer, wie ich zugeben muss, primitiven Phase."

Im letzten Schrank entdeckte Joe abgetrennte Köpfe, die ebenfalls an Elektroden angeschlossen waren.
„Sie haben GoTo gezwungen, hier zu arbeiten."
Doktor Morris schluckte. „Er hat dir das erzählt?"
Joe ging auf diese Frage nicht ein. „Er hat in seiner Aussage vor dem Gericht von diesem Raum erzählt, aber das Labor wurde niemals gefunden, richtig?"
Morris nickte. „Du musst das verstehen, ich wollte doch nur meine Arbeit schützen. Sicher rechtfertigt das nicht unsere Methoden, aber das waren die ersten Ergebnisse einer jahrelangen Forschung."
„Wie haben Sie dieses Labor geheim halten können?"
„Ich habe einflussreiche Freunde, Junge, die mich nicht nur mit Geld unterstützen."
„Sondern?"
„Sehe ich aus wie Frankenstein? Meinst du vielleicht, ich grabe nachts auf dem Friedhof Leichen aus? Ich bin ein ernst zu nehmender Wissenschaftler."
„Interessant."
„Spotte nicht. Hast du schon mal den Spruch gehört: Wissen ist Macht?"
„Sicher."
„Das müsste eigentlich anders lauten: Wissen ist Bewusstsein! Bewusstsein ist Macht! Diese Kopftransplantationen sind alle misslungen."
„Das sehe ich. Aber woher bekamen Sie diese Köpfe?"
„Glaube mir, Junge, das willst du nicht wissen. Ich habe mit Affen gearbeitet, aber letztlich war der Umgang mit Menschen nicht so schwierig. Du musst wissen, dass sich in den letzten Jahren die chirurgische Technik wesentlich verbessert hat. Die Arbeit am Menschen ist sogar einfa-

cher, weil seine Blutgefäße und sein Gewebe größer sind. Wichtig ist vor allem, die Hirndurchblutung zu gewährleisten. Aber ich habe damals keinen Weg gefunden, das Wissen von einem Gehirn auf ein anderes zu übertragen."

„Und dann brachte Sie GoTo auf eine Idee."

„Stimmt genau. Zusammen suchten wir nach einem Weg, die Denkströme des Menschen aufzuzeichnen."

„Und dabei kam der Computer ins Spiel."

„Der erste Entwurf von *BACK-UP* stammt von mir. GoTo scheint aber in den letzten Jahren die Möglichkeiten des Programms weiter vorangetrieben zu haben."

„Allerdings. Sicher wollen Sie *BACK-UP* verkaufen, oder?"

„Richtig. Aber das hat ganz pragmatische Gründe."

„Und welche?"

„Denk doch mal nach, diese Forschung verschlingt Millionen und die müssen doch irgendwie wieder hereinkommen."

„Und an wen verkaufen Sie so ein Programm?"

„Ist nicht so wichtig."

„Lassen Sie mich raten: Sie machen es wie immer, Sie verkaufen das Zeug ans Militär."

Morris sah überrascht aus.

„Was heißt denn: ‚Wie immer'?"

„Das haben Sie doch schon früher so gemacht, nur mit anderen Erfindungen."

„Woher willst du das wissen?"

„Morris, Ihr Leben ist ein offenes Buch für mich."

Irritiert hielt Morris inne. Es wurde ihm doch ein wenig unheimlich. „Du hast ja keine Ahnung, was diese in jedem Sinne inkompetenten Menschen bereit sind zu zah-

len. Mit diesem Geld ist die weitere Forschung auf Jahre abgesichert."
„Und wozu braucht eine Armee *BACK-UP?*"
„In der Kriegsführung gehen die meisten Verluste auf menschliches Fehlverhalten zurück. Soldaten desertieren oder machen sich in Krisensituationen vor Angst in die Hosen. Ich habe das oft genug beobachten können."
„Sie sprechen von Ihrer Söldnerzeit ..."
Wiederum staunte Morris. „Woher ... woher weißt du das? Das habe ich niemals GoTo erzählt. Mit wem hast du über mich gesprochen?"
„Mit niemandem."
Einen Moment lang wusste Doktor Morris nicht so recht, was er sagen sollte. „Du hast mir nachspioniert?" Er strich sich nervös über den Schnurrbart. „Was weißt du noch?"
Joe sah ihn lange an. „Alles", sagte er. „Einfach alles. Erzählen Sie mir etwas aus ihrer Söldnerzeit. Sie haben getötet, nicht wahr?"
„Krieg ist Krieg", antwortete Morris barsch. „Im Krieg sterben Menschen."
„Durch Ihre Hand ..."
„Was bildest du dir eigentlich ein, wer du bist, dass du so mit mir redest?"
„Ich muss Sie ja nicht lieben. Lassen Sie uns wie Profis handeln. Welchen Nutzen sehen Sie für *BACK-UP* in der Armee?"
„*BACK-UP* könnte die Soldaten programmieren, ihnen die Angst nehmen, sie bedingungslos gehorchen lassen. Nie wieder würde ein Soldat Fahnenflucht begehen. Die Männer würden mutiger, konsequenter und härter."

„Sicherlich haben Sie schon Kunden, stimmt's?"
„Natürlich."
„Und das tun Sie alles wegen des Geldes!"
„Unsinn. Ich persönlich habe ganz andere Ziele."
„Welche denn?", fragte Joe. „Wollen Sie die Welt retten?"
Doktor Morris wurde ernst. „Ich möchte das ewige Leben erlangen. Ja, da staunst du, Junge! Wenn wir unser Gedächtnis konservieren können und unsere Zeit zum Sterben gekommen ist, wechseln wir einfach den Körper."
„Das kann nicht Ihr Ernst sein."
„Blödsinn. Stell dir vor, mein Hirn wäre wie eine Festplatte. Ich lasse es einfach ausbauen und ich lebe ewig. Das ist die wahre Macht! Dazu besitze ich eine riesige Wissensdatenbank, die mich jedem anderen Menschen überlegen macht. Überleg doch, wer wäre besser geeignet, die Menschen zu führen?"
„Nachdem Sie alle Menschen mit *BACK-UP* ihres Willens beraubt haben."
„Ich sehe, du verstehst mich."
„Dann wollen wir nicht länger warten, Doktor Morris."
Joe stellte das Notebook auf den Tisch und schaltete es ein. Dann verband er die Kabel und Bänder. „Ich brauche Elektroden."
Morris holte sie aus einem Schrank. Joe fügte alles zusammen. Er arbeitete ruhig und konzentriert.
„Wir sind ein tolles Team, was? Die anderen sind alle Schwachköpfe, aber du, Joe, du verstehst genau, worum es mir geht. Nicht wahr?"
„Nehmen Sie Platz."

Morris setzte sich auf seinen Laborstuhl. Seine Aufgeregtheit war nicht zu übersehen.
Joe stöpselte das Telefonkabel in den Rechner. Er riss Morris das Hemd auf und befestigte die Elektroden direkt auf seiner Brust und streifte ihm danach das Stirnband über.
Nun startete er *BACK-UP.*
„Du?", fragte Morris erstaunt.
„Bilbao", sagte GoTo im Computer.
„Du lebst?"
„Wenn Sie das Leben nennen."
„Los, GoTo, lass uns keine Zeit verlieren ...", meinte Morris.
„Warum sollte ich Ihnen helfen?"
Morris zog seine Waffe. „Weil ich sonst deinen Freund abknalle. Und seine bezaubernde Begleitung."
„Tu einfach, was er sagt!", meinte Joe.
„Na gut", meinte GoTo. „Es geht los."
Morris starrte GoTo an, seine Lippen bebten, als der erste Blitzstrahl ihn blendete. In Sekundenschnelle schossen die Informationen in seinen Kopf. Er konnte spüren, wie immer mehr Wissen in ihn hineinfloss.
„Mehr", sagte er mit rauer Stimme. „Mehr."
GoTo öffnete ganze 300 000 Fenster mit Internetseiten und begann mit der Übertragung.

* * *

Als die Spritze Wirkung zeigte, musste er feststellen, dass Nadja tatsächlich keine Ahnung hatte.
„Was weißt du über GoTo?"
„Was ist GoTo?"

„Wie lange kennst du Joe?“
„Seit gestern.“
„Weißt du, wer ich bin?“, fragte Wenz ungeduldig.
„Mein Entführer, wenn ich mich recht entsinne.“
„So kannst du nicht mit mir reden!“, herrschte der Oberst sie an.
„Wieso?“, erkundigte sich Nadja. „Ihr Serum lässt mich nur die Wahrheit sagen.“
„Halt jetzt die Klappe, du vorlaute Göre!“
Nadja grinste. „Haben Sie ein Problem mit der Wahrheit?“
„Sehen Sie“, hörte er im Geiste Morris selbstsicher sagen. „Die Spritze bringt niemanden um. Sie müssen schon ein echter Tölpel sein, um damit ein Leben zu beenden.“
„Du bist wirklich sehr hübsch“, sagte Wenz zu Nadja.
„Sie aber nicht. Die rote Nase entstellt Ihr Gesicht.“
„Wir sind ganz allein“, sagte er. „Wer weiß, wann Morris wiederkommt. Da könnten wir uns doch ein wenig die Zeit vertreiben“, erklärte er, zündete sich eine Zigarette an und blies den Rauch nur knapp an ihrem Gesicht vorbei. „Und wer weiß, vielleicht kommt Joe gar nicht mehr.“
Sie starrte ihn an.
„Ja, ja, glotz nur böse, Kleine. Es wäre nicht das erste Mal, dass der gute Doktor einen Augenzeugen loswerden muss.“
Er zog an seiner Zigarette. „Du musst dich allerdings nicht aufregen, meine Kleine, dein Gehirn wird der Doktor mit Sicherheit behalten.“
Es klopfte.
Wenz drehte den Schlüssel um. „Was machen Sie denn hier?“, fragte er überrascht.

„Ich muss mit Ihnen reden, Wenz", sagte Benno Kleinschmidt, Joes Lehrer, und blickte suchend in das Zimmer hinein.
„Hat denn das nicht Zeit?"
„Nein", meinte Kleinschmidt und hielt seine Waffe direkt auf Wenz gerichtet.
Der Oberst ging mit erhobenen Händen rückwärts in den Raum.
„Was wollen Sie?"
„Dem Ganzen ein Ende bereiten."
„So? Bisher haben wir Sie doch ganz gut bezahlt."
„Das stimmt. Aber es zahlt sich letztlich nie aus, wenn Sie einen Undercover-Polizisten bestechen."
„Sie?", fragte Wenz höhnisch. „Sie könnten ja nicht einmal einer Fliege etwas zuleide tun."
Ein Schuss löste sich aus der Pistole. Wenz hörte die Kugel an seinem Ohr vorbeizischen.
„Täuschen Sie sich nicht."
„Aber ..."
„Nichts aber. Meinen Sie, dass wir zusehen, wie zwei Irre wie Morris und Sie Geheimwaffen ins Ausland verhökern? Und jetzt machen Sie das Mädchen los ..."
Behäbig näherte Wenz sich Nadja und löste ihre Fesseln.
„Sie haben keine Chance, Kleinschmidt."
„Und Sie haben kein Hirn, Wenz." Er wandte sich an Nadja.
„Kommen Sie, wir müssen gehen."
„Moment noch", sagte sie und ließ ihre Faust direkt auf Wenz' Nase krachen. Der Oberst krümmte sich vor Schmerz. Kleinschmidt verpasste ihm zusätzlich einen Schlag mit der Waffe in den Nacken.

„Wir wollen doch keine Rohstoffe verschwenden", sagte er und wies auf die Fesseln. Nadja verstand und band Wenz fest. Dann steckte sie ihm einen Knebel in den Mund und befestigte Klebestreifen darüber.
„Nehmen Sie das", befahl Kleinschmidt und reichte ihr Wenz' Waffe vom Schreibtisch.
„Keine Angst, die Polizei ist unterwegs."
„Wo ist Joe?"
„Wir müssen ihn suchen."
„Sie wollten in ein Labor."
„Soweit ich weiß, befindet sich das im Untergeschoss."
Sie liefen die Treppen hinunter, bis sie einen Flur erreichten. Anfangs wussten sie nicht, wo sie suchen sollten, dann aber hörten sie seltsame Geräusche.
„Da schreit jemand."
Sie lauschten. Das Geschrei wurde immer lauter. Kleinschmidt und Nadja sahen einander besorgt an. Nach einigen Metern wurden die Schreie noch gellender. Schließlich erreichten die beiden das Labor. Verblüfft ließen sie ihre Waffen sinken.
„MEEEEEEEEEEHR!", brüllte Morris. „MEEEEEEEEEEEEEHR!"
Joe saß auf seinem Stuhl und sah zu, wie Doktor Morris' Kopf sich rot verfärbte. Er schrie, bis seine Stimmbänder versagten.
„Was zum Teufel ist hier los, Joe?", fragte Kleinschmidt.
„Morris holt sich das ewige Leben", sagte er trocken.
„Schalte das ab", befahl Kleinschmidt erschrocken.
„Ich kann nicht", meinte Joe. „Die Tastatur funktioniert nicht."
Kleinschmidt rannte zum Rechner und drückte alle Tasten, aber nichts tat sich. Morris wand sich schweißgeba-

det. Er bekam kaum noch einen Ton heraus. Gleich würde er ersticken.
Kleinschmidt feuerte auf das Notebook. Augenblicklich entspannte sich Morris und keuchte.
„Sie Wahnsinniger!", flüsterte Morris, zu Kleinschmidt gewandt. „Was haben Sie getan? Sie haben soeben die einzige Version von *BACK-UP* zerstört."
„Die werden Sie im Knast nicht brauchen", meinte Kleinschmidt und präsentierte seine Polizeimarke.
„Sie können mich nicht einsperren. Ich bin eine Datenbank." Joe untersuchte das Notebook. Es war hinüber. Nadja lief auf Joe zu und umarmte ihn.
„Was war auf dem Rechner?", fragte Kleinschmidt.
„Es war die einzige Version", wisperte Morris heiser, „eines zukunftsweisenden Programms. Und Sie hirnverbrannter Idiot haben es für alle Zeiten zerstört."
„Stimmt das, Joe?"
Joe nickte. „Es war die einzige Version auf einem Rechner. Wegen *BACK-UP* musste GoTo sterben."

* * *

„Die Beweislage ist erdrückend", sagte die Kommissarin. Immer mehr Polizeiwagen kamen, um das Gelände abzusperren. Wenz wurde abgeführt, Morris ebenso.
„Diesmal wird sich der Doktor nicht herauswinden können. Die *Sirrom Cooperation* wird geschlossen, der *Computer Underground Club* ebenso. Jetzt müssen wir nur im Internat nachforschen, wer da noch Dreck am Stecken hat. Denn dort suchte Morris sich begabte Jugendliche und ließ sie für sich arbeiten."
„Dann hat ja GoTos Kampf doch einen Sinn gehabt",

meinte Joe. „Aber nehmen Sie sich in Acht. Leute wie Doktor Morris finden immer einen Weg, sich der Strafe zu entziehen."
„Er könnte auf unzurechnungsfähig plädieren", mischte sich Nadja ein.
„Das stimmt", pflichtete Joe ihr bei. „Vergessen Sie nicht, *BACK-UP* könnte sein Gehirn tatsächlich angegriffen haben!"
„Falls er eins hat", meinte Paula Bredow, „dann war es schon vorher im Eimer. Ihr zwei Turteltauben könnt jetzt gehen. Falls ich noch Fragen habe, melde ich mich."
Joe und Nadja gaben der Kommissarin die Hand. „Wenn Sie nicht gekommen wären ...", sagte Joe.
„Bedanke dich lieber bei deinem Lehrer."
Kleinschmidt kam um den Tisch herum und nahm Joe in den Arm.
„Das hast du richtig gut gemacht, Kleiner."
Joe grinste.
„Eine Sache noch", meinte Kleinschmidt. „Wenn es noch eine Version gäbe, würdest du es mir doch sagen, oder, Joe?"
„Na klar."
„Dann ist ja alles klar."
„Bilbao", sagte Joe und zwinkerte Nadja zu.

Only You

ISBN 3-505-12014-6

Life is easy!
Molly hat einen tollen Freund und versteht sich glänzend mit ihren beiden besten Freundinnen. Das Schicksal meint es gut mit ihr, findet sie. Doch als ihr Freund ihr ein romantisches Wochenende zu zweit vorschlägt, kommen Molly Zweifel. Will sie wirklich schon so weit gehen? Und dann gibt es da noch etwas, was leider nicht so ganz nach Plan verläuft ...

www.schneiderbuch.de

Schneider Buch EGMONT

Robert Cormier

Tödliche Experimente

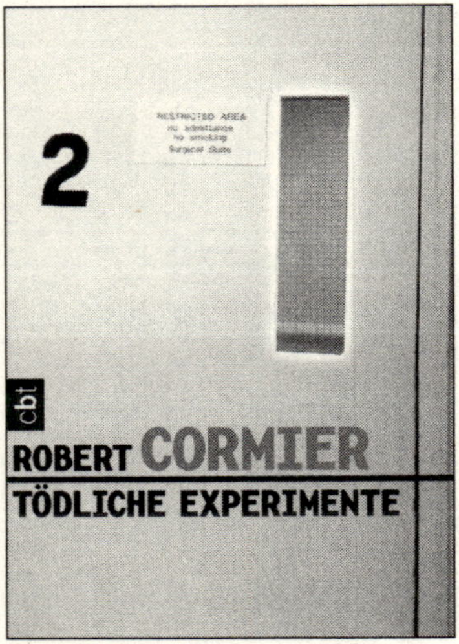

256 Seiten cbt 30057

Mit seiner Lebenslust wirkt Barney wie ein Fremdkörper inmitten der anderen Patienten. Er sei gesund, sagen die Ärzte, und lediglich Vergleichsperson. Doch Barney entlarvt die Lüge. Die Klinik ist Endstation, damit muss er sich abfinden, aber nicht mit dem grauen Klinikalltag! Barney bricht die Regeln, rüttelt die anderen auf und schenkt ihnen einen Funken Licht in der Dunkelheit.

6123

cbt

www.cbj-verlag.de